如何开家婚庆公司

刘衍群　滕红琴　等编

开店必读

化学工业出版社
·北京·

本书内容丰富，生动形象，以通俗易懂、深入浅出的语言展现了婚庆公司的实际运作流程，具有极强的实用性和可操作性。如果能细细品读，此书必定会成为有益于创业者的良师益友，成为一名婚庆公司老板必备的经营指南。

图书在版编目（CIP）数据

如何开家婚庆公司/刘衍群等编. —北京：化学工业出版社，2011.2
ISBN 978-7-122-10153-2

Ⅰ.如… Ⅱ.刘… Ⅲ.结婚-服务业-商业经营-基本知识 Ⅳ.F719.9

中国版本图书馆CIP数据核字（2010）第247872号

责任编辑：辛　田　　　　　　装帧设计：尹琳琳
责任校对：战河红

出版发行：化学工业出版社（北京市东城区青年湖南街13号　邮政编码100011）
印　　装：化学工业出版社印刷厂
710mm×1000mm　1/16　印张10　字数184千字　　2011年3月北京第1版第1次印刷

购书咨询：010-64518888（传真：010-64519686）
售后服务：010-64518899
网　　址：http://www.cip.com.cn
凡购买本书，如有缺损质量问题，本社销售中心负责调换。

定　　价：36.00元

前言
Preface

据调查资料显示，我国目前正进入新的婚育高峰期，全国每年结婚的新人超过1000万对。粗略计算，全国每年婚庆产生的消费总额将超过3000亿元，未来5年中国婚庆消费额还要在此基础上再翻一番。因此，婚庆市场被业内人士称为"甜蜜金矿"。

随着人们对婚礼的要求越来越高，婚礼也正在由"物质层面"向"精神层面"转变，婚庆服务机构需要改变以前传统的简单服务，注重向婚礼文化、婚礼策划方向转变。更多的人会选择专业婚庆服务机构操办婚礼，这已成为趋势。因此，专业的婚庆公司必将会受到市场的追捧。

当前，虽然婚庆行业市场环境标准不健全、管理不规范，企业的规模较小，经营者水平参差不齐，但是这恰好说明了婚庆产业正处于上升阶段，拥有巨大的潜在发展空间。

因此，开一家婚庆公司是许多有识之士的共同选择。为了给有志于开办、加盟、参与婚庆市场的人士提供一套完整的管理方案，我们编写了《如何开家婚庆公司》，以供读者参考使用。《如何开家婚庆公司》一书从婚庆公司前期的开业准备、开店筹备、相关手续办理等到公司经营（人员管理，设备管理，接单、报价、签合同，营销推广，婚庆现场服务，业务合作），再到品牌连锁加盟都做了详细的介绍，相信本书对于想要开办婚庆公司的相关人员有一定的帮助。

参与本书编写和提供资料的有刘衍群、滕红琴、刘玮、刘婷、温泉、黄河、杨丽、杨冬琼、李锋、李强、赵永秀、涂高发、邓清华、周波、高琨、匡仲潇、王春华、柳景章等。由于时间匆促，加上编者水平有限，书中如有不妥之处，敬请各位读者指正。

编者

目录
Contents

第一阶段
开业准备

第二阶段
公司经营

第六章 营销推广

第七章 婚庆服务

第二阶段
公司经营

第八章 业务合作

第二阶段
公司经营

第九章 品牌加盟

第三阶段
加盟

附　录　　　　　　　　　　146

参考文献　　　　　　　　　　151

第一阶段

开业准备

开店筹备

 一、寻找办公场地

开一家婚庆公司寻找办公场地非常重要。办公场地的选择是否合理，几乎成了所有婚庆公司成功的重要因素。一般来说，婚庆公司经营者在选择办公场地时，可按照以下步骤进行，如图所示。

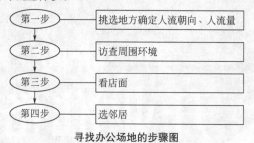

寻找办公场地的步骤图

1. 挑选地方确定人流朝向、人流量

婚庆公司经营者在挑选地方确定人流朝向、人流量时，可参考以下方法。

（1）在感兴趣的目标地区，计算上午、下午、晚上各时段的人流量。

（2）统计进入附近店铺的人数，看看经过的人中上班族、学生、年轻人的比例。

提醒您

至少要在周一和周末各算一次，才能知道人潮确实的分布状况。这样，可以知道自己的有效顾客和潜在顾客大概占总流量的几成。

（3）除了要了解人们的去向外，还要考虑他们有没有时间光顾到即将开业的婚庆店。

2. 访查周围环境

婚庆公司经营者在访查周围环境时，可从两种角度来观察，具体如下表所示。

访查周围环境表

序　号	角度类别	观察内容
1	商人	（1）什么迹象显示该地点可以创造业绩？ （2）该地段的固定人群消费率怎么样？
2	顾客	（1）顾客会不会到这里店面参观？ （2）到这里参观的都是些什么人群？ （3）是否能在顾客行进线路上，抢先别人一步拦截顾客？

 提醒您

　　找地点最忌讳只看到别人成功，就想在其隔壁复制一家店。应随时注意对手的位置，寻找足以抗衡的地点。婚庆公司经营者一定要保持领先地位。位在竞争对手的下风处，生意可能会受到影响。

3. 看店面

婚庆公司经营者在看店面时，可参考以下方法。

（1）先远看，再近看，想象店面在这个空间里的感觉。

（2）一旦店名放在招牌上，会很显眼吗？

（3）开车经过的人能看得到吗？

（4）行人从人行道上能注意到吗？

 提醒您

　　好的店面就像活广告。不仅要让顾客方便找到，而且也能向路上经过的潜在顾客展示自己的店面，以吸引更多的潜在消费者。

4. 选邻居

婚庆公司经营者在选邻居时，应注意和类似或相关的品牌坐落在同一地点，这十分重要。如：在大型婚纱摄影店旁开婚庆店，光顾这些场所的顾客，也会被婚庆公司所吸引。

　　一般来说，婚庆公司经营者在以下地方选址开店比较合适。

（1）商场及购物中心的周围。

（2）商场及购物中心展位。

（3）商业街附近。

（4）大型住宅小区旁。

（5）时尚行业集散地内。

（6）大型商务写字楼。

 二、预估投资费用

　　婚庆公司经营者在开办一家婚庆公司时，应凭据当地的现实情形以及本人的经济实力，来预估投资费用。一般来说，总投资：30万左右。即：店面投资在1万～15万元左右；婚庆用品配备在1万～10万元左右；其他费用在2000～3万元左右。

　　婚庆公司经营者在预估投资费用时，可参考以下范例。

 【范例】

婚庆公司的投资费用预估

以开办一间经营面积约30平方米，人员以3～5人的小规模的婚庆公司为例，其投资费用预估如下。

Ⅰ. 开办费用

一般来说，婚庆公司的开办费用如下。

（1）申办营业牌照约：5000元。

（2）两押一租约：6000元（两个月押金，一个月租金）。

（3）简单装修约：10000元。

（4）办公家具约：5000元。

（5）电脑及相关办公设施约：10000元（含打印机、扫描仪、传真机）。

（6）流动资金约：10000 ～ 15000元。

开办费共约：50000元。

2. 每月固定费用预估

一般来说，每月固定费用预估如下。

（1）租金大约：2000元／月。

（2）人员工资约：1000×5（人）=5000元（平均）。

（3）广告推广约：2000 ～ 5000元（主要是印制宣传单，在报纸分类信息栏刊登广告）。

（4）办公折旧及业务费用约：2000元。

月固定费用共约：10000 ～ 15000元左右（当然固定费用因地域、经济发达程度不同可能有一定的出入）。

3. 营收预计

以平均每个客户花费20000元搞一个婚礼庆典为例：毛利率约在20%左右，则平均每月需承接3 ～ 4个客户即能不亏。例：20000×4×20%=16000元。

由以上资料可知：开办一家婚庆公司最大的投入是办公场地租金和人员工资。对婚庆公司经营者来说：

（1）如果开业资金充裕些，则应选择写字楼，这样看起来有档次、办公设施先进，因为公司层次高，会提高客户的信任度；

（2）如果开业资金不是很充裕，那么经营场地也不必很讲究，但是交通便利是先决条件，否则顾客找不到就影响生意了。

第二章

相关手续的办理流程

一、注册公司的投资金额要求

婚庆公司经营者在注册婚庆公司时，应根据公司法规定来办理，此规定基本适用绝大多数公司。注册公司的投资金额要求如下。

（1）2人或2人以上有限公司，注册资金最低为3万元。

（2）1人有限公司，注册资金最低为10万元。

二、注册公司的流程

婚庆公司经营者在注册婚庆公司时，可按照以下步骤进行，如图所示。

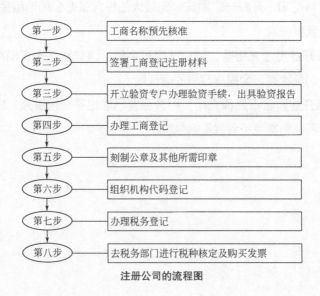

第一步	工商名称预先核准
第二步	签署工商登记注册材料
第三步	开立验资专户办理验资手续，出具验资报告
第四步	办理工商登记
第五步	刻制公章及其他所需印章
第六步	组织机构代码登记
第七步	办理税务登记
第八步	去税务部门进行税种核定及购买发票

注册公司的流程图

三、注册公司需提供的资料

婚庆公司经营者在注册婚庆公司时，需提供以下资料，可参考以下范本。

 【范本】

需要提交资料的准备

序　号	需要提交的资料	是否已经带齐	
1	股东、法人身份证原件、复印件及实际经营地址、联系方式、照片各两张	□是	□否
2	拟设立公司的名称（最好5个以上或更多）、经营范围	□是	□否
3	注册资本及投资人出资比例	□是	□否
4	注册地的租赁协议和房产证复印件（注册在经济区可由经济区提供）	□是	□否
5	财务人员上岗证与身份证复印件，照片2张	□是	□否
6	其他规定的注册材料		

注：可在准备好的资料"□是"项打"√"，以提醒自己还有哪些资料没有准备。

四、消防许可证的办理流程

1. 办证程序

婚庆公司经营者在办理消防许可证时，可以按照以下流程进行，如图所示。

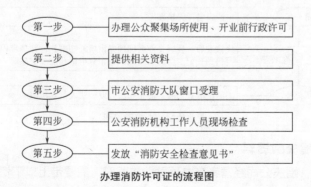

办理消防许可证的流程图

2. 需要提交的资料

婚庆公司经营者在办理消防许可证时，需要带上以下资料，可参考以下范本。

【范本】

需要提交资料的准备

序　号	需要提交的资料	是否已经带齐	
1	"消防安全检查申报表"	□ 是	□ 否
2	"建筑工程消防验收意见书"	□ 是	□ 否
3	建筑总平面图、装修图纸资料	□ 是	□ 否
4	法定代表人、经营人基本情况及身份证原件、复印件	□ 是	□ 否
5	消防器材配备情况说明	□ 是	□ 否
6	用电负荷说明及电气线路图	□ 是	□ 否
7	电工、自动消防系统操作人员培训合格证（仅适用设自动消防设施的工程）	□ 是	□ 否
8	单位内部消防管理情况（灭火预案、疏散预案、消防安全管理制度、防火安全责任制、对员工消防培训情况）	□ 是	□ 否

注：可在准备好的资料"□是"项打"√"，以提醒自己还有哪些资料没有准备。

五、营业执照的办理流程

1. 办证程序

婚庆公司经营者在办理营业执照时，可以按照以下流程进行，如图所示。

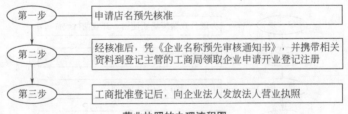

第一步	申请店名预先核准
第二步	经核准后，凭《企业名称预先审核通知书》，并携带相关资料到登记主管的工商局领取企业申请开业登记注册
第三步	工商批准登记后，向企业法人发放法人营业执照

营业执照的办理流程图

2. 需要提交的资料

一般来说，婚庆公司经营者在办理营业执照时，需要带上以下资料，可参考以下范本。

【范本】

需要提交资料的准备

序　号	需要提交的资料	是否已经带齐	
1	营业登记申请书	□是	□否
2	资金信用证明	□是	□否
3	负责人的任职文件	□是	□否
4	场地使用证明	□是	□否
5	其他相关文件证明	□是	□否

注：可在准备好的资料"□是"项打"√"，以提醒自己还有哪些资料没有准备。

六、税务登记的办理流程

1.办证程序

一般来说，婚庆公司经营者在办理税务登记时，可以按照以下流程进行，如图所示。

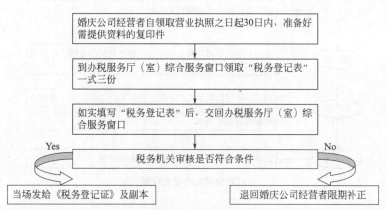

税务登记的办理流程图

2.需要提交的资料

婚庆公司经营者在办理税务登记时，需要带上以下资料，可参考以下范本。

【范本】

需要提交资料的准备

序 号	需要提交的资料	是否已经带齐	
1	营业执照	□是	□否
2	有关合同、章程、协议书	□是	□否
3	居民身份证及其他合法证件	□是	□否
4	银行账号证明	□是	□否
5	税务机关提供的一切其他有关证件、资料	□是	□否

注：可在准备好的资料"□是"项打"√"，以提醒自己还有哪些资料没有准备。

七、印章刻制的办理流程

1. 办证程序

一般来说，婚庆公司经营者在办理印章刻制时，可以按照以下流程进行，如图所示。

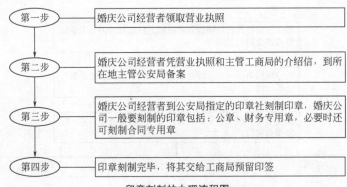

第一步　婚庆公司经营者领取营业执照

第二步　婚庆公司经营者凭营业执照和主管工商局的介绍信，到所在地主管公安局备案

第三步　婚庆公司经营者到公安局指定的印章社刻制印章，婚庆公司一般要刻制的印章包括：公章、财务专用章，必要时还可刻制合同专用章

第四步　印章刻制完毕，将其交给工商局预留印签

印章刻制的办理流程图

2. 需要提交的资料

婚庆公司经营者在办理印章刻制时，需要带上以下资料，可参考以下范本。

【范本】

需要提交资料的准备

序　号	需要提交的资料	是否已经带齐
1	营业执照副本原件及复印件	□是　　　□否
2	法定代表人或负责人（分支机构）身份证复印件	□是　　　□否
3	经办人身份证原件及复印件	□是　　　□否
4	主管工商局的介绍信	□是　　　□否

注：可在准备好的资料"□是"项打"√"，以提醒自己还有哪些资料没有准备。

 八、银行开户许可证的办理流程

1.办证程序

婚庆公司经营者在办理银行开户许可证时，可以按照以下流程进行，如图所示。

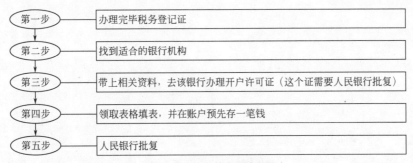

第一步 —— 办理完毕税务登记证

第二步 —— 找到适合的银行机构

第三步 —— 带上相关资料，去该银行办理开户许可证（这个证需要人民银行批复）

第四步 —— 领取表格填表，并在账户预先存一笔钱

第五步 —— 人民银行批复

银行开户许可证的办理流程图

2.需要提交的资料

婚庆公司经营者在办理银行开户许可证时，需要带上以下资料，可参考以下范本。

【范本】

需要提交资料的准备

序 号	需要提交的资料	是否已经带齐
1	营业执照正本复印件 2 份及原件	□是　　□否
2	税务登记证正本复印件 2 份及原件	□是　　□否
3	企业代码证正本复印件 2 份及原件	□是　　□否
4	法人身份证复印件 2 份及原件	□是　　□否
5	公章、财务章、法人章	□是　　□否

注：可在准备好的资料"□是"项打"√"，以提醒自己还有哪些资料没有准备。

第二阶段
公司经营

人员设置

一、人员招聘简章

婚庆公司经营者需要招聘以下人员：摄影、摄像、化妆、美发、接单员、婚礼顾问、司仪、音响、布景、策划、联络、财务、后勤等。在招聘时，可通过发传单、现场招聘、网络招聘等方式进行招聘，应事先做好公司的招聘简章。一般来说，招聘简章应包括以下内容。

（1）婚庆公司简介。

（2）招聘职位。

（3）雇佣人数。

（4）所需经验。

（5）薪资方式。

（6）工作地点。

（7）任职资格。

（8）工作职责。

（9）应提供的资料。

二、人员面试

婚庆公司经营者在面试应聘者时，可参考以下方法，如图所示。

1. 亮出所有底牌

即保留给薪范围的上限，只告诉应聘者给薪

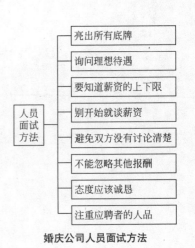

婚庆公司人员面试方法

范围的下限及中间值。这种做法有以下两种好处。

（1）可以替公司筛选掉对薪资有过高预期的应聘者。

（2）保留了谈判空间。遇到经验丰富或条件极佳的应聘者时，还可以有往上调整的弹性空间。

 提醒您

有些公司喜欢在一开始就公布职务的给薪范围，如在招聘广告中写明。这种做法对公司极为不利。

2.询问理想待遇

一般来说，婚庆公司经营者在面试应聘者时，应先询问其理想待遇，具体操作方法可参考以下范本。

 【范本】

应对应聘者理想待遇的方法选择

序 号	不同情况	应对方法	你的选择
1	应聘者目前的薪资低于公司预定的最高给薪值	这段差距便是谈判的空间，公司可依据想要应聘者加入程度的高低，调整薪资以吸引应聘者	
2	应聘者目前的薪资高于公司预定的最高给薪值	面试主管必须把说服的重点放在职务的其他优势上，如：事业发展机会佳、工作一流等	
3	应聘者目前的薪资高于公司预定的最高给薪值很多	应诚实告知应聘者：虽然公司很希望聘请他，但真的无法支付如此高的薪资，有时应聘者甚至会因为喜欢工作内容等原因，而在薪资上自动让步	

 提醒您

当询问应聘者想要的薪资是多少时，面试者已经给予应聘者开价的权力，往往对公司较为不利。尤其是当应聘者说出理想待遇，而又告诉他公司没有办法满足他的希望时，便产生了负面影响。

3. 要知道薪资的上下限

在面试前，婚庆公司经营者必须确定出职务给薪的最高上限为多少。因为公司必须顾及财务能力，及内部给薪的公平性。

> 这个上限即使连公司最大竞争对手的最优秀员工来应聘，也不能被打破；否则员工薪资可能成为负担。而且如果公司给予应聘者超出上限的薪资，当其他员工知道时，也会引起不满，从而影响员工的情绪。

4. 别开始就谈薪资

婚庆公司经营者在面试时，应避免一开始就谈论薪资。在谈话的过程中，可了解到哪方占了上风。具体操作可参考以下方法。

（1）应聘者具备很好的条件。

如果应聘者具备很好的条件，那么公司在给薪上必须大方些。

（2）应聘者只是条件相当的可能人选之一。

如果应聘者只是条件相当的可能人选之一，公司则可以把薪资压低些，延后谈论薪资的时间，以获得信息及思考的机会。

> 婚庆公司经营者在面试过程中要对应聘者有足够的了解，也需要让应聘者对公司及职务有一定程度的认识；否则当双方的沟通还不够时，就盲目说出薪资，会破坏谈判的可能性。

5. 避免双方没有清楚讨论

讨论薪资是应聘的关键部分。建议婚庆公司经营者在面试应聘者时，可以参考以下方法。

（1）可以这样问：

"我们目前有一个职缺。我们必须知道你是不是可能的人选。我不想浪费你的时间，也不想浪费公司的时间。"

（2）可以通过问句的方式试探薪资的可能性，避免双方可能的尴尬。

如："如果公司给你5000元的薪水，这和你预期有没有可能吻合。"

（3）可以在正式确认薪资前，让应聘者以假设的方式接受，以减少双方的分歧。

6. 不能忽略其他报酬

一个职务的报酬并不只体现在薪资上。当公司与应聘者在薪资上的看法不同时，公司可以量化其他福利，以减少双方的分歧。具体操作可参考以下方法。

（1）可以向应聘者分析。

虽然职务的基本底薪比应聘者的预期低，但是公司的佣金及年终资金比一般公司高。想办法在不提高薪资的情况下，让应聘者看到一个职务的真正价值，以增强对应聘者的吸引力。

（2）可以仔细聆听应聘者的说法。

了解应聘者重视的其他条件是什么，尽量满足其要求。

提醒您

对于某些应聘者来说，弹性的上下班时间、休假、培训的机会等，虽然不是直接的薪资报酬，但可能也是他们决定是否接受一项工作的重要参照。

7. 态度应该诚恳

面试是公司和新员工关系的起点。婚庆公司经营者在面试应聘者时，态度要诚恳，应注意薪资谈判的目的不是把薪资压到最低，而是为公司找到最适合的员工。

提醒您

公司如果在谈论薪资上耍了太多花招，如，误导应聘者将来加薪的幅度很大，只求把应聘者先说进门。这样，应聘者当时即使勉强接受过低的薪资，过后也会因为薪资确实不符合他们的需求而伺机离开。因小失大，公司虽然暂时省了些钱，但将来会付出更加高昂的代价。

8. 注重应聘者的人品

婚庆公司经营者在应聘时，一定要考核其人品，对其资料做详细的调查，以免出现意外。以下提供范例说明。

【范例】

员工上班四天拿走相机"蒸发"

2010年10月1日，张某的婚庆公司承办了一场婚礼。婚礼结束后，张某带员工到另外一个地方谈业务，顺手把相机递给李某，让他下午归还到位于××的分公司。

到了晚上8点多，张某给李某打电话，李某说在外面吃饭，并答应第二天归还。可到了第二天，李某却再也没来上班，连同相机一块"蒸发"了。

张某只好到派出所报案，在派出所才知道，原来李某曾留有寻衅滋事的案底。

据张某说：李某是9月27日到公司应聘上班的，之前在公司所在写字楼当保安。李某当初在写字楼当保安，他们经常打照面，但交流不多。9月26号那天，李某突然找到张某说，他失业了，问张某愿不愿意聘请他上班。张某觉得李某平日说话不多，找个工作也不容易，于是便爽快答应了。

被带走的相机价值7800元。张某公司连续承办了两场婚礼的现场照片都在相机中，一直没有拷贝出来。按照事先签订的协议，两场婚礼的新人都只支付了部分费用。相片全部制作出来后，才能收到剩下的费用。这一下，张某的婚庆公司损失惨重。

由上可见，如果张某对李某的人品有了解的话，就不会出现这样的损失了。

三、人员培训

1. 人员培训的方法

婚庆公司经营者在培训员工时，具体操作方法可参考以下范本。

【范本】

人员培训的方法选择

序 号	方 法	诠 释	你的选择
1	业余	在工余时间进行，目的在于长期积累知识与技能	
2	半脱产	短暂离开工作岗位，结合工作需要学习	
3	全脱产	阶段性完全离开工作岗位，以全面提升知识、技能为目的	
4	重点培训	要了解员工对哪方面有较大需求，分析公司内部出了什么问题，然后再做出选取，切忌在短时间内推出较多培训，否则员工将难以消化吸收	
5	创新培训	员工上课不一定要在教室里，相反安排在室外进行，如：酒店、野外，将会取得更好的效果	
6	互动培训	应给员工多一点参与，有问有答，互相交流，在互动的过程中，员工遇到不明白的问题时，可以立即发问，这样可收到更佳的效果	
7	度身定制	应注意公司的需求、发展方向，为员工制定一系列"合身"的培训	
8	"一对一"培训	这种培训是培训顾问提供较贴身的服务，虽然价格较贵，但因为"教练"可即时为员工解答问题，成效十分显著	
9	观念培训	培训并不是年轻员工的专利，企业还要让员工明白一个观念——"活到老、学到老"，鼓励所有员工，无论任何年龄，都应视"不断学习"为目标	

注：在适合你的方法项打"√"。

2.人员培训的内容

婚庆公司在培训人员时，应包括以下内容。

（1）营销学。

（2）礼仪学。

（3）花艺。

（4）造型。

（5）色彩学。

（6）公司的视觉形象设计和陈列等。

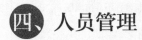 **四、人员管理**

婚庆公司在对员工进行管理时，应明确员工的岗位职责，可制定一系列的管理

制度，让员工主动遵循。

1. 岗位职责

不同岗位的职责如下表所示。

各岗位职责表

序号	岗位	岗位职责及具体要求	备注
1	司仪	（1）婚宴前3天与新人见面策划婚宴节目表，婚礼当天行程安排，以便婚宴在周详准备下顺利进行 （2）临场统筹，于开席前扮演统筹角色，视察场地、音响布置、座位安排、处理有关临场变故及最后决定，以助婚宴准时及顺畅地举行 （3）程序与当天负责婚宴的调度做最后跟进，令整个程序更清晰流畅 （4）设计特别效果，如鸣放巨型彩炮、荧光肥皂泡、缤纷气球等 （5）设计新人游戏，按新人的意愿及要求，设计玩新人游戏，歌曲曲目，魔术等全体度身设计，壮借并重，大搞气氛 （6）主持人最后协助新人做最后彩排，以便正式仪式时信心十足 （7）主持餐前安排乐队参加新人迎宾（如小提琴等）拍摄程序／其他仪式，令场面更有气氛及秩序 （8）主持开场序幕，宣布婚宴正式开始，介绍一对新人及主婚人，致欢迎词及祝福 （9）主持婚礼仪式，协助新人构思演讲词，以助新人大方得体地倾诉心中情	公司一般需要配备专职和兼职的司仪人员
2	策划人员	（1）跟单、追单、签单，并由部门经理审批，完成当月任务额 （2）撰写策划书，设计策划方案 （3）监督每单的所需各资源的及时落实情况 （4）婚礼前，按客户需求查看现场，解决突发情况并及时上报相关领导，协调现场人员及合作商 （5）代表公司出婚礼现场，一切以维护公司利益为主，保证婚礼正常顺利进行 （6）提交合同及策划方案，并填写执行单给资源部 （7）总结和提交每单婚礼的整体情况，并分析优劣方面	
3	摄影师	（1）负责使用、保管摄影工具，对摄影用品的采购提出建议 （2）严格遵守公司各项规章制度，不准擅离职守，爱护公物 （3）必须用心拍摄每一张相片，为顾客找最佳角度 （4）提前做好摄影准备，不让顾客等候太久，上班时先进工作场地清理摄影用品，保证器材正常工作 （5）提前到化妆部了解当天有多少对顾客拍照及每对顾客有多少套衣服，以便做好安排 （6）拍摄前及时与顾客交流，安排助理进行已拍顾客登记 （7）对加急顾客另做安排，不与其他顾客混入拍摄，以免耽误顾客时间 （8）外拍的摄影组，提早准备好要带的相机、道具，并在外拍本上注明带走多少器具，并负责保管，回来时，签字说明带回	
4	化妆师	（1）负责使用、保管化妆用品，对套刷、粉扑每天清洗一遍；同时节约使用化妆用品，对易损坏的化妆品（如口红、胶水）妥善保管，可以重复使用的（如假睫毛），用过后必须存放起来，避免不必要的浪费，提出化妆用品的采购建议，保持化妆台面的整洁和干净 （2）遵守纪律，爱护公物，严格执行公司各项规章制度，不准擅离职守，上班时间不做与本工作无关的事 （3）在工作中应主动介绍化妆程序，注意征求顾客意见 （4）有良好的职业道德，化妆时，神情专注，动作要轻快、熟练，要根据顾客的要求认真细致地做出客人的理想造型	

序号	岗位	岗位职责及具体要求	备注
4	化妆师	（5）各保管头饰、首饰、假发、头纱及手套的化妆师，必须对本月所使用的用品分类、分色、分新旧，并进行登记，以便对遗失或坏掉的加以补充 （6）新娘每换一次头饰都要求化妆师或化妆助理及时放回原处，不得任意放在化妆台上或随便乱丢 （7）必须每月集体学习礼服配套及头饰的搭配，对白纱、彩纱各种头饰搭配做统一协调，不够的造型用品及时写购物单交与经理及时购回，不得因短货而影响造型 （8）对已旧或已坏的头饰、假发、首饰、头纱及手套及时清理，如可清洗干净的，交与洗衣工或自己清洗，如太旧的，请主管签字丢掉 （9）头饰、首饰、假发、头纱及手套架上摆放用品必须整洁有序，条理分明，容易取放 （10）在取造型用品时不得乱翻乱找以免弄乱用品，使用完的化妆品凭空盒去换，并签上领取日期及数量	
5	音响师	（1）严格遵守公司各项规章制度，保证音响设备完好，及时提供服务 （2）负责公司音响设备使用和维护保管 （3）认真做好音响设备的维护和保养 （4）认真学习专业知识，熟悉设备结构、性能和原理，判断故障准确 （5）严格操作规程，杜绝修理不及时或质量不过关影响婚庆服务 （6）保管好维修工具和设备，做到工具齐全、设备完好，账物相符	
6	婚礼秘书	（1）协调与酒店的关系，包括酒席桌椅的摆放位置、舞台布置需酒店提供的设备、签到台的安放等 （2）组织新人入场仪式，包括进场人员的次序、其他工作人员的位置，如摄影、摄像、礼炮、花童各自的位置及职责 （3）安排音乐并组织实施 （4）协调灯光控制问题；负责灯光控制的强弱和时间节点，灯光控制条件为酒店可能情况下的灯光控制，不提供无限制的灯光控制服务 （5）负责婚礼仪式上必需的道具准备，如托盘、蜡烛、纸笔等 （6）负责邀请参与婚礼仪式的嘉宾并提供指引服务；如嘉宾父母长辈登台说话等 （7）提供烛光仪式的指引服务 （8）新人换衣服及其他流程提醒服务 （9）负责对伴娘和伴郎进行指导	
7	督导人员	（1）开场前检查交杯酒、烛台蜡烛、点火器、香槟塔、茶水等 （2）开场前检查戒指放置指定位置 （3）告知伴郎伴娘的走位、台位，以及在台上的协助事项（话筒、手捧花）中 （4）告知新郎新娘的走位、台位，场上注意事项（需要讲话时接话筒，讲完话递话筒，不要乱试话筒），交换信物、宣誓、拜父母、拜来宾、夫妻对拜、交杯酒时，不要拿手捧花，其他时候拿手捧花，上场后要给来宾鞠躬示意，看新郎新娘外表有无不妥 （5）告知双方父母的座位，以及改口、拜父母时的座位，帮助搬凳子，父母讲话时，话筒不到位，督导帮助一下 （6）开场前30分钟和10分钟，用麦克广播婚礼仪式开始时间，通知各部门工作人员到位：灯光、音响、录像、照相、冷烟火、礼花弹、花童、戒童 （7）开场前5分钟，看新人是否到达指定位置，并通知主持人 （8）开场前通知来宾婚礼注意事项，宣布婚礼开始（鞠躬退下） （9）开场后维持现场秩序（劝阻开吃的来宾、疏导小孩防止捣乱） （10）指挥、协调全场的灯光、道具（泡泡机、烟雾机、追光灯、舞台灯、其他效果） （11）为新人引路 （12）为新人递上点火器，开启香槟，递上蛋糕等	

续表

序号	岗位	岗位职责及具体要求	备注
8	酒店主管	（1）负责协助做好酒店布置、协调工作 （2）与物品主管协作摆放烟、酒糖瓜子等工作 （3）全面负责迎宾接待工作 （4）负责酒席上的喜糖发放	如果公司人员不够，可由新人家属协助完成
9	行程总管	（1）负责全程迎亲引导、迎亲主持 （2）负责酒店电子相册播放 （3）负责保管笔记本和投影仪	
10	车辆总管	（1）负责全程车辆指挥、协调 （2）物品运送 （3）新娘家属接送及客人接送	
11	鞭炮主管	（1）负责放炮、彩带工作 （2）协调联络两方燃放时间及补缺工	
12	物品主管	（1）负责工作人员早餐、午餐、新房客厅烟、糖、茶的摆放、酒店喜字 （2）宴会物品的补充发放及控制 （3）负责酒店香烟发放 （4）负责保管笔记本、投影仪、光盘、电话，负责接电话	
13	采购员	（1）严格按照公司规定的报价原则进行对外报价 （2）要积极主动配合业务部门做好每个项目方案，并与业务部门达成共识 （3）采购要严格按流程执行并每做到货比三家，控制降低采购成本，对供应商进行管理及考评，每年按一定比例更新供应商（形成表单） （4）严格执行合同管理规定，要按时签订，不得延误，并在第一时间将合同传递给与项目相关的人员	
14	财务人员	（1）保证账目清晰准确，工作有序 （2）每天向部门经理报告收支情况，并做出利润收支表 （3）负责在每项单笔业务结束后，向劳务人员发放劳务费，并做出利润表 （4）制作每个策划人员的月报，作为留档和发放提成的根据 （5）按期发放工资 （6）协助其他部门工作 （7）整理财务部办公区域物品、卫生等	
15	档案员	（1）电话传达 （2）信件、资料、报纸收发 （3）复印资料及复印机维修管理 （4）图书、档案（资质、合同等）管理 （5）饮用水管理 （6）婚庆服务工作统计与监察	

2. 管理制度

婚庆公司在制定管理制度时，应根据公司的具体要求来制定。以下提供范本作为参考。

【范本1】

婚庆工作管理制度

为规范公司的管理，特制定以下工作制度。

1. 婚庆业务由具有职业资格的婚礼顾问负责接待策划，并签订婚礼订单。

2. 每个婚礼服务必须有完整的手续，合同、策划书，交财务备案。

3. 婚礼服务订单填写内容详细，字迹清楚。（包括新人姓名、联系电话、地址、所订服务项目、应付金额及预付金额等）新人的特殊要求如：鲜花种类、数量；气球编织的造型、颜色、名标的字体／颜色／大小等非常规要求，均需详细在婚礼订单上注明，以免在安排时出现错误。

4. 婚礼服务订单签订后，婚礼顾问应按照签订的服务项目向负责婚礼安排的人逐项交代清楚，以便能及时、准确地安排。

5. 婚礼顾问谈单时打折权限在____折之内，如有特殊情况需超出者，应提前向主管领导请示，按主管领导批准的折扣与新人签订婚礼服务订单。

6. 客人签订婚礼服务订单时应交付服务项目的____％为订金，车辆使用前交齐全款，同时与车辆供应商签订用车合同。

7. 收入现金必须在填写订单的同时开收据，并与订单客户留存联一同交给客人。

8. 婚礼订单签订后应及时安排车辆及工作人员，并填写婚礼服务安排登记表和婚礼服务订单登记册报主管经理签批。

9. 各岗位工作人员工作前应到公司领取工作单及结账收据。

10. 婚礼前一天应将所有车辆及各岗位工作人员重新通知，确定时间，并将各个婚礼现场所需要物品准备妥当交每场婚礼秘书点验，婚礼结束后婚礼秘书应如数交回婚礼用品。

11. 提醒各岗位工作人员，婚礼当天到岗后，及时打电话通知公司，并保证联络通畅。

12. 负责婚礼安排的人，在婚礼前一天，应将每场婚礼各岗位工作人员劳务登记表交给财务，以便工作人员领取酬金时有足够现金支付。

（周六、日的婚礼应在周五前交给财务。）

13. 主持人、摄像师、化妆师、车辆、鲜花、婚庆用品等资料应及时输入电脑。

14. 定期做婚庆市场调查，了解价位波动情况并记录，以便及时调整报价。

15. 每月工作点评，每月工作点评好的给予奖励。

16. 熟悉各类档案摆放位置并随时将新资料归入档案，要有规律。如：盘、照片和文件等。

17. 提前10天结清应结款项。

18. 旺季不能休。正常班____～____；晚班____～____有客人不能休，休息提前安排值班表。

【范本2】

婚庆人员管理制度

１ 目的

为使本公司员工的管理有所遵循，特制定本制度。

２ 适用范围

2.1 本公司员工管理，除遵照政府有关法令外，悉依本规章办理。

2.2 本制度所称员工、是指本公司雇用的从业人员而言。

３ 聘用

3.1 全公司员工录用以宁缺毋滥、行业精英为原则，在核定编制内，录用能胜任岗位工作，素质较高的人员，公司正式员工一律签署聘用劳动合同。

3.2 本着公开招聘、严格考核、择选录用的原则，采用社会招聘、人才交流机构介绍、本公司员工推荐、个人自荐等形式进行招聘。

3.3 应聘人员经面试或测验及审查合格后，由人事部门填写录用手续并签《试用员工协议》，进入试用期。

3.4 试用期

3.4.1 试用人员试用期均为1～__个月。

3.4.2 试用期间不享受任何福利待遇，期满后由人事部门填写"员工转正档案表"，部门经理、行政（人事部）经理提出鉴定意见，报总经理审批同意后，享受转正后工资待遇，但不享受公司正式员工的房贴及保险。

3.4.3 员工签订聘用劳动合同后，成为公司正式员工，享受公司一切福利待遇。

3.4.4 公司视员工表现，最长可延迟至员工工作满半年时与员工签订劳动合同，成绩优良者可缩短其试用时间。

3.5 试用人员如因品行不良或工作业绩欠佳或严重违反有关规章制度，公司有权随时停止试用，予以解雇。试用未满周者，不发工资。

3.6 试用人员于报到时应向人事部缴验以下证件

3.6.1 个人身份证明。

3.6.2 人事资料卡（个人简历）。

3.6.3 本人免冠登记照片张。

3.6.4 其他如要的文件（如专业资格合格证或学历证件等）。

4 辞职、辞退、解聘

4.1 公司员工因故提出辞职，应至少提前天书面通知公司，员工个人辞职应写《辞职申请》，经部门经理签署意见送人事部门报经总经理审批同意后，人事部门给予办理相关手续，未按规定程序办理者，人事部门将不予受理。

4.2 申请辞职者，未经总经理审批之前，须坚守工作岗位、经批准后，不再安排具体工作，该员工应按公司要求交接工作和办理财物移交手续，其间只发基本工资，免除其他一切福利待遇，从员工正式离开公司之日起停发薪金。

4.3 公司辞退员工，由人事部门在征得部门经理和总经理意见后，向被辞退员工提交解聘通知，并要求限期办理手续，因特殊情况经人事部经理批准，可适当延长办理时间。

4.4 公司辞退的员工在办理所有移交离职手续期间，公司只发给基本工资，免除其他一切待遇，从员工正式离开公司之日起停发薪金。

4.5 公司辞退员工有特殊原因时（严重违法、违纪、严重失职等），经总经理审批同意之日起立即停发所有薪金。

4.6 离职者佣金结算自离职之日起月内支付__%，预留__%在__个月内结算。

4.7 完备离职手续

4.7.1 双方终止或解除劳动合同，员工在离职前必须办理离职手续，否则公司按旷工处理。离职手续包括如下。

（1）到人事行政部领取《离职通知书》。

（2）办理工作交接事宜。

（3）交还所有公司资料、文件、办公用品及其他公物。

（4）清算与公司有关的来往账目。

（5）待所有离职手续完备后，领取离职当月实际工作天数薪金。

4.7.2 员工违约或单方提出解除劳动合同时，员工应按合同规定，归还其在劳动合同期内产生的有关费用。

4.7.3 如与公司签订有其他合同（协议）、此合同（协议）与合同书，共同生效，具有同等效应。

5 劳动合同

5.1 新员工个月试用考察期满，即与公司签订劳动合同。

5.2 合同期限：根据员工的工作性质、工作成绩签订的合同年限为以下两种。

5.2.1 公司与主任、经理级员工签订__年的个人劳动合同。

5.2.2 公司与其他级别员工签订年的个人劳动合同。

5.3 签订合同程序

5.3.1 由人事行政部指导新聘员工《劳动合同书》。

5.3.2 由人事行政部审核并呈报总经理批准。

5.3.3《劳动合同书》一式两份签订后，双方各执一份（一份人事行政部备案，一份交本人）。

5.3.4 公司与员工双方同意在合同期满后续签劳动合同的，应在原合同期满前30日内重新订立劳动合同。

5.4 签订合同后双方权益

5.4.1 员工在合同期内，享有公司规定的各项薪金及福利待遇。

5.4.2 员工应严格遵守合同内各项规定，违约须承担违约责任。

5.4.3 严重违反公司有关规定制度或犯有严重过失的员工，公司将与其解除劳动合同。

5.4.4 如对合同内容存有异议，应在领取合同后月内向人事行政部提出质询，双方协商解决。

5.4.5 协商无法解决者，可向当地劳动仲裁申请仲裁。

5.5 合同的解除

员工有下列情形之一的，公司将与其解除劳动合同，不支付任何经济补偿。

5.5.1 严重违反劳动纪律或公司制度。

5.5.2 严重失职、营私舞弊，对公司利益造成重大损害。

5.5.3 被依法追究刑事责任。

员工有下列情形之一的，在征得总经理同意后，公司将提前30日以书面形式通知员工本人解除劳动合同。

（1）员工患病或非因工负伤，医疗期满后不能从事原工作或公司另行安排的其他工作的。

（2）员工不能胜任工作，经过培训或调整工作岗位，仍不能胜任工作的。

（3）订立劳动合同所依据的客观情况发生重大变化，致使原劳动合同无法履行，经当事人协商无法就变更劳动合同达成一致协议的。

（4）公司经营困难发生经济性裁员的。

5.5.4 员工提出解除劳动合同，应提前30日以书面形式通知公司。因未及时通知而给公司造成经济损失的，则根据国家有关劳动和合同法规处理。

6 兼职聘用人员管理

6.1 公司根据不同的情况与兼职人员签订合约，合约期限为一年，可以续签。

6.2 兼职人员不需经过试用期限，不定级，每月一次性发薪，不享有公司一切福利待遇。（公司活动及春节例外）。

6.3 离职不给予任何补偿。

7 实习人员的管理

7.1 公司录用的实习人员可分为以下两类。

7.1.1 有薪实习。

7.1.2 无薪实习

7.2 实习人员不与公司签订合约，但须遵守公司规章制度。

7.3 实习人员须在人事行政部办理登记手续。

7.4 实习人员不享有公司一切福利待遇。

7.5 实习人员表现特别优异者，经公司认可，可转为公司员工。

相关
链接

◆ 婚庆司仪信息表

姓　名			性　别	
价　位			学　历	
特　长				
成功案例				
联系方式	手机号码		家庭电话	
	邮　箱		博　客	
	QQ号			

◆ 婚庆策划人员信息表

姓　名			性　别	
价　位			学　历	
特　长				
成功案例				
联系方式	手机号码		家庭电话	
	邮　箱		博　客	
	QQ号			

◆ 婚庆摄影师信息表

姓　名			性　别	
价　位			学　历	
特　长				
成功案例				
联系方式	手机号码		家庭电话	
	邮　箱		博　客	
	QQ号			

◆ 婚庆化妆师信息表

姓　名		性　别	
价　位		学　历	
特　长			
成功案例			
联系方式	手机号码	家庭电话	
	邮　箱	博　客	
	QQ号		

◆ 婚礼音响师信息表

姓　名		性　别	
价　位		学　历	
特　长			
成功案例			
联系方式	手机号码	家庭电话	
	邮　箱	博　客	
	QQ号		

◆ 婚礼协助人员登记表

项　目	姓　名	电　话	出席时间	工作内容	备　注
新　娘					
新　郎					
伴　郎					
伴　娘					
司　仪					
会场布置					
主婚人					
证婚人					
礼车司机					
化妆师					
礼炮手					
摄像师					
音响师					
迎宾接待人					
酒店方面担当					
婚庆方面担当					
其　他					

第四章

设备管理

一 音响设备管理

婚庆公司经营者在管理音响设备时，可参考以下方法。

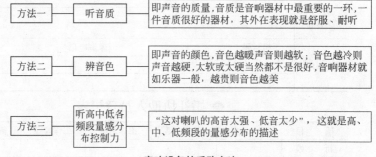

方法一	听音质	即声音的质量,音质是音响器材中最重要的一环,一件音质很好的器材,其外在表现就是舒服、耐听
方法二	辨音色	即声音的颜色,音色越暖声音则越软；音色越冷则声音越硬,太软或太硬当然都不是很好,音响器材就如乐器一般，越贵则音色越美
方法三	听高中低各频段量感分布控制力	"这对喇叭的高音太强、低音太少",这就是高、中、低频段的量感分布的描述

音响设备的采购方法

1.采购方法

一般来说，婚庆公司在采购音响设备时，可参考以下方法，如图所示。

2.清洁和保养方法

科学地保养音响器材，是延长其寿命的关键。在清洁和保养音响设备时，可参考以下方法，如下表所示。

音响器材的清洁和保养方法

序号	清洁和保养方法	诠释
1	注意正常的工作温度	音响器材正常的工作温度应为18～45℃，温度太低会降低某些机器(如电子管机)的灵敏度；太高则容易烧坏元器件，或使元器件提早老化,夏天要特别注意降温和保持空气流通
2	注意室外温度	音响器材切忌阳光直射，也要避免靠近热源，如取暖器等
3	用完后各功能键要复位	如果功能键长期不复位，其牵拉钮簧长时期处于受力状态，就容易造成功能失常

续表

序号	清洁和保养方法	诠　释
4	开关音响电源前，把功放的音量电位器旋到最小	这是对功放和音箱的一项最有效的保护手段，这时功放的功率放大几乎为零，至少在误操作时也不至于对音箱造成危害
5	开机时先开CD机，再开前级和后级	关机时先关功放，让功放的放大功能彻底关闭，关面时要把功放的音量电位器旋至最小，关或放后再关前能与CD机
6	机器要常用	常用反而能延长机器寿命，如一些带电机的部体（录音座、激光唱机、激光视盘机等），如果长期不转动，则部分机件还会变形
7	要定期通电	在长期不使用的情况下尤其在潮湿、高温季节，最好每天通电半小时，这样可避免内部线圈、扬声器音圈、变压器等受潮霉断
8	注意清洁	每隔一段时间要用干净潮湿的软棉布擦拭机器表面；不用时，应用防尘罩或盖布把机器盖上，防止灰尘入内
9	关机再接线	不要开着功放去接音箱线，因为音箱的接线柱距离一般都很近，音箱线又是两条紧紧地并行的，接线时往往会不小心将喇叭线短路，其后果将是迅速烧毁功放
10	在放大器热机时不要钮大音量或放一些爆棚的音乐	功放元件刚开机时处于冷状态，这时就让大电流工作会缩短其寿命，因而在刚开机半小时内应只放一些轻柔的音乐与用中等音量听音乐，待机器热身后再开大音量欣赏

二、摄影器材管理

1.采购方法

一般说来，在采购摄影器材时，可参考以下方法，如图所示。

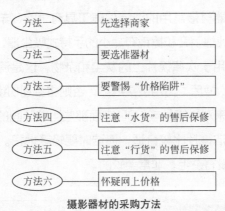

摄影器材的采购方法

（1）先选择商家。好的商家在进货渠道上也是有所选择的，他们为了对顾客负责，必须要挑选能对他们负责的供货商。所以他们的进货可能不是最便宜的，但却是最可靠的。

（2）要选准器材。在购买前尽量挑选那些已经经过实践考验，被证明能使用长久的相机或镜头。已经被大家认可为故障率较高、出问题较多的机种尽量不要购买；店家推荐的器材要谨慎选择。

（3）要警惕"价格陷阱"。如果本市就有厂家的维修点，而且资金充足，则要尽量购买"行货"。

（4）注意"水货"的售后保修。"水货"也享受一年的正常保修，被称为"店内保修"。在购买时，需要注意应搞清楚在什么期限内、出现什么问题、使用到什么成色，是可以退换或保修的；应向店家问好细节，并写到保修单上；随机的包装盒、说明书，甚至包装泡沫，也不要轻易扔掉。因为如果使用时有了问题，这些东西可能都有用。

（5）注意"行货"的售后保修。如果你选择了正规的商家，看准是购买"行货"，在购买时要搞清楚"行货"的保修是由店家负责还是自己负责。因为目前国内大部分城市都没有厂家的保修单位，保修单位往往要分管一个地区或几个省。

（6）怀疑网上价格。网上的器材基本上是"水货"。由于是非正规渠道的进货自然进价便宜了很多；其次网上是无库存式的经营方式。别看网上商家的报价五花八门样样都有，但并不是都有存货的。除了一些热门器材，其他的器材基本是现要现进的。

2. 清洁和保养方法

一般来说，摄影器材最常用的清洁保养工具有气吹、羊毛笔、镜头纸（布）、专用的镜头清洁液、纯棉手套和擦镜布、小的手持式吸尘器、防潮箱、镜头包等。

（1）气吹。主要用于吹掉镜片上的灰尘和杂物，这是清洁镜片的第一步。一定要先用气吹将灰尘吹掉后，再用镜头纸擦，否则将会划伤镜头。

（2）羊毛笔。用来对付镜片或LCD表面那些比较顽固的灰尘。因为羊毛笔非常柔软，所以用来清洁镜片比较合适，清洁时要轻轻地扫。可在摄影用品店里购买，挑选时一定要找没有杂毛、非常柔软的。

提醒您

在使用过程中绝对不可以用手去接触羊毛笔端，否则手上的汗渍会粘到镜头上，非常难清洁。

（3）镜头纸、镜头布。目前，市场上流行用超微无纺镜头纸和超级细纤维镜头布来清洁摄影器材。它们是采用独特的工艺加工制造而成，可以保证自身是绝对无尘的。这样就会避免在清洁相机时造成二次污染。

镜头纸是用来擦洗镜头的主力工具。具体操作可按照以下步骤进行，如图所示。

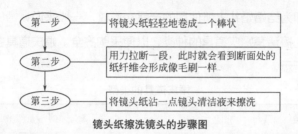

镜头纸擦洗镜头的步骤图

在用镜头纸、镜头布清洁镜头时，应注意事项如下表所示。

清洁镜头的注意事项

序　号	注意事项	具体内容
1	动作要轻柔	要从镜片的中心擦起，以螺旋形慢慢擦到外圈，擦完一遍后检查一下，如果没有擦干净一定要再换一张纸擦洗；否则纸上沾的灰尘会再次污染镜头
2	镜头清洁液不要沾太多	镜头清洁液将纸湿润了就可以了；否则镜头液过多，就会顺着镜片的缝隙流到镜头里面

（4）专用的镜头清洁液。镜头清洁液的主要成分是溶剂。镜头清洁液一般用来清除手印、油渍等顽固的污渍。选择镜头清洁液时，最好选用高质量且专业的相机清洁养护用品，然后与超微无纺镜头纸或超级细纤维镜头布搭配使用，效果会更好。

（5）擦镜布。即采用特殊编织工艺织造的纯棉布，质地很柔软，而且纤维不会掉下来，合适用来清洁机身、镜头套筒或LCD表面。但最好不要用它来清洁镜片，否则可能会造成划伤。

（6）手持式吸尘器。当空气比较干燥时，在使用吹耳球和羊毛笔时，最好将整个操作过程放到吸尘器口旁边。这样就可以将清理下来的灰尘直接吸走，以免飘散到空气中又再次落在镜片上而造成二次污染。只是在使用时注意不要将吸尘口碰到机身或镜片上。

（7）纯棉手套。整个操作过程应遵循先外后内、先机身后镜头的顺序进行。在整个操作过程中最好戴上比较紧的薄手套，这样不会影响操作。

三、婚庆道具管理

1. 婚庆道具的类型

婚庆道具即为结婚婚礼上所使用的产品和道具。一般来说，婚庆公司在采购婚庆道具前，应先搞清楚婚庆道具的种类，以便采购齐全。婚庆道具主要有以下几种类型，如下表所示。

婚庆道具的类型

序　号	类　　型	举　　例
1	新郎新娘家中所使用的婚庆道具	大红枣、栗子、硬币等意味早生贵子；拉花、大红喜字、气球、婚房灯具、婚纱相册等
2	婚车上所使用的婚庆道具	鲜花、气球、卡通娃娃、红绸缎、喜帖等
3	酒店门口所用的婚庆道具	气模拱门、鲜花拱门、喜帖、电子礼炮、路引、条幅等
4	宴请大厅门口签到台处的婚庆道具	签到台、签到本等
5	从宴请门口到舞台上所使用的婚庆道具	红色地毯、彩桶、鲜花瓣等
6	舞台上所用的舞台道具和婚庆道具	舞台背景、香槟塔、烛台、追光灯、泡泡机、冷焰火、手捧花、头花、腕花、乐队等

2. 婚庆道具的采购方法

婚庆公司在采购婚庆道具时，可参考以下方法。

（1）在采购婚庆道具前。应先要到同行店里去了解一下，看看现在行业里流行的婚庆道具和客户的需求。这样可有效地采购有针对性的婚庆产品。

（2）多去参加几场婚礼。这样思路就会广一些。有了这方面的经验，就能为自己的采购做好铺垫。

（3）婚庆道具生产厂家的比较。首先可以通过网络搜索、同行介绍等找到婚庆道具厂家信息。采购时，最好能到婚庆道具生产厂家去参观一下，这样既能更直观地了解产品，也能为长久合作做好铺垫。

（4）选购婚庆道具最好能一站购全。这样发货、接货、维修方便，而且价格还能低些，可有效地节省自己的时间。

◆ 如何采购彩桶、气球、礼炮

一、彩桶的采购方法

1. 彩桶的种类

彩桶可分为彩条（彩带）、彩花（喷花）、彩雪（飞雪）。

2. 选购方法

在选购时，可参考以下方法。

（1）注意以彩条为主，彩花为辅，彩雪尽可能少用或不用。

（2）注意盖子的颜色。

一般盖子是什么颜色，喷出来的花就是什么颜色，所以要多选择红色并注意色彩搭配。

（3）注意选购正规厂家的产品。

通常要检查包装上是否有厂名、厂址、电话，不要买三无产品。

（4）彩桶视婚礼档次、规模按需采购。

一般需要18～60桶。以20桌喜宴为例：6桶彩花、22桶彩条，这样的花色数量搭配为最好。

二、气球的采购方法

在采购气球时，可参考以下方法。

（1）小气球500～1000个。

（2）大气球200个左右。

（3）注意事项如下。

大小气球在婚礼前一天晚上吹起来，用红线系成串，20个或40个一串。不要提前吹，防止跑气。气球主要起替代鞭炮的作用。大气球用于装饰婚礼现场和小朋友拿着热闹。

三、礼炮的采购方法

在采购礼炮时，可参考以下方法。

（1）要选购正规厂家生产的庆典礼炮。

（2）一般10～28支即可。

以购买16支为例：70～100cm的大礼炮买6支，30～40cm的小礼炮买10支。

（3）注意事项

彩桶、礼炮等最好征求专业人士（如司仪）的意见再购买；或直接从婚庆公司购买。以避免买到哑炮，影响庆典效果。

第五章

接单、报价、签合同

一、如何接单

婚庆公司光有好的婚庆道具是不够的，还要学会与客户交流，留住客户，即成功接单。

在接单时，可参考以下方法。

1. 接单的步骤

在接单时，可按照以下步骤进行，如图所示。

2. 接单的方法

客户咨询可分为以下两类。

（1）客户电话咨询。客户电话咨询时，可参考以下应对方法，如下图和范例所示。

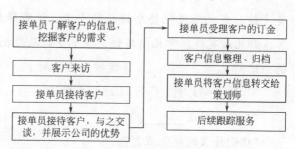

接单员了解客户的信息，挖掘客户的需求	→	接单员受理客户的订金
客户来访		客户信息整理、归档
接单员接待客户		接单员将客户信息转交给策划师
接单员接待客户，与之交谈，并展示公司的优势	→	后续跟踪服务

接单的步骤图

方法一	沟通时间不宜过长
方法二	对客户提出的问题要给予合理的答复，不能避而不答，一问一答然后变被动为主动
方法三	切忌操之过急，不要急于将自己掌握的那些知识灌输给来访人员
方法四	接待员态度要诚恳，语言表达要清晰，应说得头头是道，以吸引客户做进一步的咨询
方法五	要适当了解一些客户信息，如：姓名、结婚时间、联系方式
方法六	要通过客户所问的问题，找出客户比较关心的问题，告诉客户能为他提供哪些帮助，让他愿意来公司当面咨询

客户电话咨询的应对方法

 【范例】

客户电话咨询应答

"您好！××婚庆公司，请问有什么问题需要我帮助呢？"

"你们是婚庆公司吗？"

"是的。"（简洁明了）

"贵公司都有什么服务？"

"我们这里和婚礼相关的服务都有。"

"一个主持人多少钱？"

"我们的主持从500～3000元不等。"

"为什么有500的？为什么有3000的？"

"主持人的主持水平、主持年限、社会知名度、回头客等都决定了价格的不同。如果您有时间，可以来我们公司看看他们的主持光盘，选择您喜欢的那类主持。我也顺便把整个婚礼的要素、流程跟您讲一讲，帮您做个大致的预算：哪儿该花钱、哪儿该省钱、花多少钱及婚礼中应该注意的细节给您做详细的介绍。" （变被动为主动）

"你们在哪儿啊？" （切入主题了）

"我们公司在_____。"

"你们什么时候上班啊？"

"我们____上班。"

（2）客户上门咨询。在接待不同类型的客户时，应对方法是不同的。无论哪一种客户，接待员都要以礼相待，做必要的寒暄。目的是为了在最短的时间内消除客户对新环境的陌生感，拉近与客户的关系。让客户坐下来，这样客户才有耐心地听接单员介绍婚礼项目。

具体操作可参考以下方法。

沉默不语型的。

对不说话的人，首先要分析一下原因：可能是这个人性格内向；可能是好奇进来看看；可能是同行。首先要打破沉默，你可以这样说：

"您好！欢迎来××婚庆公司随便看看。请问是要给朋友咨询一下婚礼还是给自己呢？""有什么需要我解答的吗？咱到里面坐下来聊吧！"

先入为主型的。

对这类客户开门见山的问题，既要回答，又不能直接回答。如客户问："做一场婚礼多少钱啊？"你可以这样回答客户：

"很多人一进门都问这个问题，关心价格，人之常情啊！是这样的，我们从几百元到几万元的婚礼都做过，也不知道你喜欢哪一种类型的？我这里有一些以前婚礼的素材，可以给您介绍一下。如果您有兴趣咱坐下来聊聊，这么热的天，先喝杯水吧！""您的婚礼日期定了吗？"

提醒您

　　有客户进来时，应注意基本的礼仪规范。一定要起身相迎，热情接待。不能坐视不理，也不能热情过度，要做到恰到好处。使客人进来后，在最短的时间内消除陌生感。

　　为客户倒杯水，递上自己的名片，简单做自我介绍。要想了解别人，首先把自己介绍给对方，这样会让客户心理平衡一些，有助于客户能打开心扉进行坦诚交流。

了解客户信息，以判断客户的消费能力，挖掘客户的需求。具体需要了解以下信息，如下表所示。

了解客户信息的具体内容

序　号	需要了解的信息
1	交通工具；穿着打扮；说话水平
2	婚纱套系；在哪个婚纱影楼里照的；多少钱的价位
3	婚宴地址、标准；来宾层次；费用预算；职业、家庭背景；婚礼日期
4	主持人、摄像、婚车、化妆师等人员是否已经定好；对婚礼有什么要求

在展示公司的优势时，可参考以下方法，如下表所示。

展示公司优势的方法

序号	方　　法	诠　　释
1	品牌优势	具体介绍公司产生此品牌的背景
2	具有专业的团队	从业人员都是经过专业的培训后才上岗的

续表

序号	方　　法	诠　　释
3	是正规化操作	服务质量不会缩水，也不会暗箱操作
4	服务细致、贴心	工作人员将每一对新人的婚礼都当成自己最好朋友的婚礼来做，将婚礼当天繁琐的事情放心交给公司，新人可以轻松地享受婚礼，真正从劳累中解脱出来
5	为新人量身定做个性婚礼	根据新人自己的喜好、职业特点、家庭背景、恋爱经历等因素策划婚礼

在初次谈婚礼时，切忌把婚礼说得很复杂，以免使新人产生不办婚礼的念头。在向客户介绍时，可参考以下方法，如图所示。

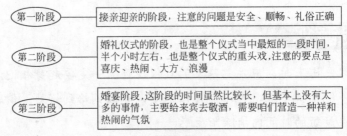

第一阶段——接亲迎亲的阶段，注意的问题是安全、顺畅、礼俗正确

第二阶段——婚礼仪式的阶段，也是整个仪式当中最短的一段时间，半个小时左右，也是整个仪式的重头戏，注意的要点是喜庆、热闹、大方、浪漫

第三阶段——婚宴阶段，这阶段的时间虽然比较长，但基本上没有太多的事情，主要给来宾去敬酒，需要咱们营造一种祥和热闹的气氛

初次谈婚礼时的方法

受理订金时，可参考的方法如下表所示。

受理订金的方法

序　号	方　法	具体内容	示　　例
1	从整合人员方面入手	新人没有定主持人，而婚礼日期也就在两三个月以后，那就可这样说	"主持人得早定啊！很多新人提前半年，甚至是一年就定了。这几年是结婚旺年，好日子结婚扎堆。主持人的数量有限，尤其是好的主持人如不早定，即使您愿意多花钱都找不到。"
2	订金的数额不宜太多	一般来说，以200～300元为宜	
3	要注意分析客户的心理	订金的数额不能说一个固定的数，要让客户自己选择	如：想收客户300元，那么在和客户谈这个问题时，就可这样说："订金嘛！也不用太多。通常情况下也就是三四百块钱，主要是把这钱给了主持人。即使有人比咱们给的价钱高，他也不能再接别的婚礼了。"
4	要给新人开收据	要盖上公司的章，这样显得正规，可让新人放心	
5	运用其他方式	为了促成首次来访成交，可向客户赠送一些小项目，也可搞一些优惠活动（如几号之前订婚礼，可获得什么优惠）	

做好后续跟踪服务，对于没有交订金的客户来说是很重要的。具体操作方法可参考以下范本。

【范本】

做好后续跟踪服务的方法选择

序　号	方　法	举　例	你的选择
1	可陆续给新人发些资料	如：如何挑选婚纱；蜜月旅行注意事项；婚礼准备表等	
2	搞一些公益性的活动，通知准新人来免费参加	如：美新娘培训班等，与相关行业举办的促销活动	
注意事项	（1）不能频繁地给客户打电话 （2）打电话的时间要尽量选择非工作时间 （3）找好再次预约的充足理由		

注：可在你选中的方法项打"√"。

◆ 新人秘书与婚礼顾问的区别

一、概念

接单员的接待能力是非常重要的。接单员的专业称呼在名片上，可以印上婚礼顾问或新人秘书。一般来说，区别新人秘书和婚礼顾问时，可参考以下两种方法。

1. 年龄区分

有的婚庆公司聘用的人员年龄在30岁以下，通常称之为新人秘书；而年龄在30岁以上的接单员，通常被称之为婚礼顾问。

2. 性别区分

从性别上来区分，女士通常被称之为新人秘书，男士则通常被称之为婚礼顾问。

二、职责

一个专业的新人秘书、婚礼顾问，需要经过专业的训练，不仅对整个婚庆市场有十分全面的认识，而且熟悉化妆技巧、色彩、礼仪及民俗知识。其如下。

（1）婚礼前期为新人的采购给出合理的建议和参谋。

（2）与酒店协调好关系。

相关链接

（3）对伴郎伴娘进行指导。

（4）安排好婚礼相关事宜。

（5）准备好婚礼中需要的道具。

（6）在婚礼当天照顾好新娘，即给新娘换衣服、化妆；帮新娘查漏补缺、打好圆场。

（7）应付婚礼上的一些意外情况。

二、报价

一般来说，不要先报出公司的价位，应等客户主动提出。婚庆公司应给客户打印出一份报价单，从上面可展示公司的方方面面的服务水准。这份报价单应包括以下内容。

（1）总体价格。

（2）人员服务。

（3）场地布置。

（4）其他道具。

（5）公司名称、地址、联系方式、日期。

以下提供范本、范例作为参考。

【范本】

××婚庆公司报价单

一、总价格

××系列的总价格为：_____。

二、人员服务

1. 提供资深化妆师免费试妆一次及婚礼当天新娘全程跟妆、造型。

2. 提供_____级婚礼主持人，并提前与新人见面交流沟通（有样盘）。

3. 提供背景音乐光盘配合主持人音响师播放背景音乐，营造婚礼气氛。

4. 提供婚礼现场督导_____名，协调音响师、礼仪小姐、灯光师。

5. 资深摄影师全程摄影服务：数码照片_____张以上。

6. 提供_____摄像机，制作成品_____张_____光盘（含精美片头、片尾、背景音乐、不含录像带）。

三、场地布置

1. 提供各种颜色纱幔背景（红、乳白、纯白、粉、香槟色、紫色、蓝色任选一种颜色）。

2. 提供舞台背景架搭建（根据舞台大小来定）。

3. 提供主桌鲜花_____个。

4. 提供飘纱装饰加简单鲜花装饰。

5. 提供路鲜花路引_____个（纱装饰红、乳白、纯白、粉、香槟色、紫色、蓝色任选一种颜色）。

6. 提供鲜花花门_____个（半包、五点、三点）任选_____款。

7. 提供婚礼当天鲜花胸花_____支。

8. 提供新娘手捧花_____束。

含：新郎新娘胸花、伴郎伴娘胸花、双方父母胸花、主婚人、证婚人、主持人胸花。

9. 提供签到台布置。

10. 提供婚礼当天新娘头花，根据化妆师要求来定。

11. 提供婚礼现场鲜花花瓣_____包。

四、其他道具

1. 提供婚礼现场泡泡机_____台。

2. 提供婚礼现场主桌椅背纱装饰_____块。

3. 提供婚礼现场香槟塔_____台。

4. 提供1200W追光_____台。

5. 提供婚礼现场烛台_____台。

××婚庆有限公司

地址：_____

联系电话：_____

传真：_____

年　　月　　日

报价离谱　失去客户

　　杨某一直幻想着结婚那天，整个礼堂布满鲜花，老公骑着白马，她坐着南瓜车，幸福地在一起。当杨某把这个想法告诉××婚庆公司时，他们说能够一点不差地实现，还能做得更好，只是价格会高点。

　　两天后，杨某与其老公再去××婚庆公司确认价格时，大吃一惊。单单婚庆费就要40多万。由于杨某与其老公的老家都在外地，所以还得麻烦××婚庆公司把东西运到当地去，加上运费、伙食费、住宿费，已接近50万。

　　杨某在来这家婚庆公司之前，已经与其老公在网络上查询了大致的价位了，而这个价位是离谱得高，简直是在宰羊！杨某和老公想抬腿走人。婚庆公司负责人员还在不停地解释。杨某夫妇见形势不妙，立即找了借口离开了该家婚庆公司。

　　后来，该婚庆公司的负责人打来电话表示，价格还可以再商量。而杨某立即挂断了电话，并说没什么好商量的。

　　由上可见，婚庆公司给客户报价贴切实际是多么重要。

◆ 婚庆公司项目明细表

　　要想做到报价合理，婚庆公司需要制作一份项目明细表，以明确各个项目的具体费用，做到报价时心中有底。以下是一份项目明细表，仅供参考。

婚庆公司项目明细表

服务项目	备　注	内容详述	价　格
婚车	头车		
	副车		
相关人员	司仪		
	摄像		
	摄影		
	跟妆		

相关链接

续表

服务项目	备　注		内容详述	价　格
会场布置	主席台			
	场内			
	花道			
	拱门			
	签到台			
	香槟塔			
	蛋糕桌			
	主桌			
花饰	车饰	头车		
	捧花	副车		
	头花	白天		
		晚宴		
	胸花	白天		
		晚宴		
	腕花	白天		
		晚宴		
	颈花	白天		
		晚宴		
	酒杯花			
	花瓣			
	其他			
合计				

三、签署婚庆服务合同

一般来说，婚庆公司为了防止客户失信而遭受损失，在与客户谈好业务后，应与客户签署婚庆服务合同，以明确双方的责任。婚庆服务合同一般包括以下内容。

（1）双方的名称、地址、联系电话。

（2）婚庆典礼的基本情况。

（3）约定的事项。

（4）约定事项的总价款。

（5）付款的方式。

（6）双方的义务。

（7）违约规定。

（8）争议解决的途径。

（9）其他事项。

（10）合同的生效。

以下提供范本、范例作为参考。

【范本】

婚庆服务合同

甲方（委托方）：＿＿＿＿＿＿　乙方（婚庆公司）：＿＿＿＿＿＿

新郎：＿＿＿＿＿＿＿＿＿＿　联系人：＿＿＿＿＿＿＿＿

新娘：＿＿＿＿＿＿＿＿＿＿

地址：＿＿＿＿＿＿＿＿＿＿　地址：＿＿＿＿＿＿＿＿

联系电话：＿＿＿＿＿＿＿＿　联系电话：＿＿＿＿＿＿＿

根据《中华人民共和国合同法》《中华人民共和国消费者权益保护法》及有关法律法规，结合本次婚礼庆典服务的具体情况，甲、乙双方在遵循自愿、平等、公平、诚信的原则基础上，经双方协商一致，签订本合同。

一、婚礼庆典基本情况

1.举行时间

＿＿＿年＿＿＿月＿＿＿日＿＿＿分。

2.举行地点

＿＿＿市＿＿＿区＿＿＿路＿＿＿号＿＿＿（饭店）＿＿＿厅。

3.婚宴

共＿＿＿桌。

二、约定事项

各具体项目类别及价款如下表所示。

各具体项目类别及价款

序　号	项目类别	价款/元	你的选择
1	总体策划		
2	婚礼主持		
3	婚车使用		
4	化妆服务		
5	纪实摄影		
6	纪实摄像		
7	其他服务项目		

注：请在选定的项目前打√，未选择项目请划去。各项目的具体约定内容详见相关附件。

三、约定事项的总价款

上条选定约定事项的价款总计为人民币（大写）＿＿＿元。

四、付款方式

1. 本合同生效后，甲方应按所选约定事项总价款的＿＿＿%即人民币＿＿＿元向乙方交纳定金。

2. 如选择婚车使用项目，则试妆、婚礼主持人见面、策划完成后付总价款的＿＿＿%即人民币＿＿＿元；婚礼当天车辆到达验收合格后付总价款的＿＿＿%即人民币＿＿＿元；如未选择婚车使用项目，则试妆、婚礼主持人见面、策划完成后付总价款的＿＿＿%即人民币＿＿＿元。

3. 完成所有服务项目后付清余款总价款的＿＿＿%即人民币＿＿＿元。

4. 如需增加服务项目，需另订补充协议，价款及付款方式以补充协议为准。

5. 双方所有款项往来均应出具收据，结束后乙方应统一开具发票交甲方。

五、双方义务

1. 乙方应严格遵照本合同的内容，按照双方约定的程序及要求，安全、有效、及时地完成各约定事项。

2. 甲方应按时支付各约定事项的价款。

六、违约责任

1. 任一方如单方面无故终止本合同，应按合同总价款的＿＿＿＿%即人民币＿＿＿＿元支付违约金。

2. 乙方违反第五项的约定，甲方有权单方面解除合同，并要求乙方承担由此产生的违约责任；同时根据所造成的实际损失，要求乙方给予赔偿。

3. 甲方违反上一条的约定，乙方有权单方面解除合同，并要求甲方承担由此产生的违约责任；同时根据所造成的实际损失，要求甲方给予赔偿。

4. 若附件对违约条款及赔偿标准另有具体约定的，从其约定。

5. 不可抗力在本合同有效期内，任何一方对不可抗力事件所直接造成的延误或不能履行合同义务不需承担责任，但该方应采取必要的措施以减少造成的损失。

七、合同权利义务的转让

乙方如遇不可抗力事件，经甲方同意后，可将本合同中乙方的部分权利和义务转让给第三人。如该转让使甲方遭受损失的，该实际损失应由乙方承担。

八、争议的解决方式

1. 合同履行中若发生争议，由双方自行协商解决；或向有关行业组织及消费者权益保护委员会申请调解。

2. 当事人不愿协商、调解的或协商、调解不成的，可通过以下方式调解（请在选定的方式前打√，空置内容请划去）

□ 向仲裁机构（名称：_____）申请仲裁。

□ 向人民法院提起诉讼。

九、合同的未尽事项及变更

1. 本合同如有未尽事宜，双方应通过订立书面补充协议进行约定。

2. 本合同在履行过程中如需对本合同及附件内容作补充、删减或修改等变更事宜的，须经双方达成书面变更协议，取代其所修正的内容。

十、合同的生效

1. 本合同自双方签字或盖章之日起生效，本合同一式_____份，具有同等效力。其中甲、乙双方各执一份。

2. 本合同附件、补充协议、变更协议为本合同的组成部分，具有同等效力。

十一、合同附件

下列附件与第五项的约定相对应（请在需要的项目前打√，空置项目请划去）：

□ 附件一：总体策划约定　　□ 附件二：婚礼主持约定

□ 附件三：婚车使用约定　　□ 附件四：化妆服务约定

□ 附件五：摄影服务约定　　□ 附件六：摄像服务约定

☐ 附件七：其他服务项目约定　☐ 附件八：补充约定
☐ 附件九：服务变更约定　☐ 附件十：服务验收单

合同附件上均应有甲乙双方的签名及具体签署日期。如企业另有合同附件的，其内容应当包括上列示范合同附件内容。

甲方（签章）：＿＿＿＿＿＿＿　乙方（签章）：＿＿＿＿＿＿＿

新郎：＿＿＿＿＿＿＿　婚庆公司：＿＿＿＿＿＿＿

新娘：＿＿＿＿＿＿＿　法定代表人：＿＿＿＿＿＿＿

联系地址：＿＿＿＿＿＿　联系地址：＿＿＿＿＿＿＿

联系电话：＿＿＿＿＿＿　联系电话：＿＿＿＿＿＿＿

＿＿＿＿年＿＿月＿＿日　＿＿＿＿年＿＿月＿＿日

【范例】

合同具体事项约定不明　引起法律纠纷

2009年3月，陈某即将结婚，婚礼定在11月1日。当时，正逢婚庆展召开，他们与一家参展的婚庆公司当场签了合同，付了1000元订金。

然而，婚礼当天却没有如此顺利。陈某订了3辆本田，跟主婚车一起在婚庆公司等候。但等到新郎去接陈某时，只有一辆主婚车，再三催促下，才开来了3辆没有布置的车，车上连个喜字都没贴；化妆师带来的头饰和饰品款式少、成色旧；本来说好司仪是某广播电台的，可结果只会念稿；在与亲戚互动的环节上连奖品也发错了；现场督导不专业，DJ用笔记本放了两首歌曲就草草结束；还有一些工作餐、摄影等方面都让陈某很不满意。

发生种种不快后，陈某心情十分糟糕，但碍于情面又不愿冲淡喜气，打算当天就把钱款支付完毕。但结账时，价格从原来的6500元加了各项附加服务，竟然到了12000元，陈某为此极为郁闷。

婚宴结束后，陈某在某知名网站的论坛上发泄不满，除了描述婚礼当天的经过，还写了"垃圾婚庆"、"黑婚庆"等过激言论，并指名道姓地公布了婚庆公司的电话、地址、负责人等详细资料。

在陈某发帖后，该婚庆公司业绩大幅下滑，几天下来基本处于倒闭状态。于是，2010年1月，该婚庆公司起诉法院，认为陈某在网络发布过激言论导致公司名誉受损，业绩大幅滑落，要求陈某夫妻在各大网站赔礼道歉、恢复名誉，并赔偿各项损失及精神损害抚慰金178132元。

法院认为，双方签订了简单的婚庆服务合同，对具体细节约定不明，导致婚庆当天出现状况，对此双方均有过错。为有效化解双方矛盾，法院组织双方调解，最终陈某同意在网上同一论坛范围内发表公开道歉，并象征性赔偿400元。

由上可见，在签署婚庆服务合同时，明确具体事项是多么重要。

营销推广

一、传统的宣传

宣传，对刚开办的婚庆公司来说，是必然要考虑的问题。因为刚开业缺乏积累，宣传则显得尤为重要。一般来说，婚庆公司的传统宣传方式主要有以下几种，如下表所示。

传统的宣传方式

序 号	宣传方式	诠 释
1	抢占酒店资源	一定要抓住酒店这个资源，作为业务拓展的根据地，有了这个根据地，可以拓展很多庆典业务，如会议、生日会等
2	拓展影楼业务	从根本上抓住潜在客户的资源
3	做好自身文化建设	做婚庆业务，就要研究婚庆文化，加强自身的学习与研究，逐步加深婚庆公司的文化底蕴，让婚庆文化成为品牌婚庆公司的首要元素

二、广告宣传

一般来说，婚庆公司在做广告宣传时，可采用以下两种方法。

1. 制作婚庆公司宣传单

婚庆公司在制作宣传单时，一般包括以下内容。

（1）摄影技术。

（2）价格介绍。

（3）特色服务。

（4）文化背景。

（5）经营方式。

（6）优惠方式。

（7）公司名称、地址、联系方式。

以下提供范本作为参考。

 【范本1】

婚庆公司宣传单

各位女士、先生，你们好！

在和谐社会发展的今天，婚礼仪式已成为男婚女嫁的一道亮丽风景线，记录了一代人的婚礼风俗习惯。

婚礼仪式的举办意味着新郎新娘正式步入婚姻殿堂，不仅是在双方家长与各位亲朋好友祝福见证下的盟约，也必将成为男女双方最美好的回忆。就让我们的专业司仪为您的美满结合锦上添花，让我们专业的摄影师代您记录这段美好时光。

举行婚礼仪式，××婚庆公司就是您的首选伙伴。我们的摄像机将会为您记录整个婚礼过程，我们的照相机还会不停地按下快门，不会错过每一个精彩瞬间。

××婚庆公司在这方面有一定的专业基础。前期拍摄方面：由具有多年婚礼现场拍摄经验的摄影师拍摄；后期制作方面：由××数码视频工作室剪切编辑完美制作；技术提供方面：由××公司大力支持，有××影视编辑部和××礼仪公司鼎力合作。

××婚庆公司在同行业中注重强强联合，引领婚礼时尚，倾心为您打造一场完美婚礼，留住青春美好回忆，首选××婚庆公司！因为专业，所以珍藏！

价格介绍：

司　　仪：____元____元____元

摄　　像：____元____元____元（单机拍摄，给____光碟____张，送精美礼品一份）

鲜　　花：____元____元____元（该鲜花用于车上）

手捧花：____元____元____元（用以上鲜花车和手捧花送双方父母胸花）

绢　　花：____元____元____元

其　他：＿＿＿元　　　　　　（包含以下五件套）

彩虹门（＿＿＿个）
幸福门（＿＿＿套）
红地毯（＿＿＿米）
音　响（＿＿＿组）
礼　炮（＿＿＿枚）

注：
凡消费满＿＿＿元，将享受今年隆重推出的××现场音乐。

××婚庆有限公司
地址：＿＿＿＿＿＿＿＿＿
联系电话：＿＿＿＿＿＿＿
＿＿＿＿年＿＿＿月＿＿＿日

【范本2】

婚庆公司宣传单

结婚是人一生中最重要的盛典，婚礼是人生中的神圣仪式。幸福美满的婚姻从圆满的婚礼开始，××婚庆公司愿帮您圆一个美好梦想！

本公司最新引进配置高档的广播级数码摄像和照相设备，聘请专业金牌婚礼主持，打造鲜花礼炮、场景布置、舞台音响设备一流，专业化后期编辑一条龙的婚礼服务。

本公司承办各种特色婚礼，高级婚礼策划，为每对新人量身订制，打造出独特新颖的个性婚礼。本公司主要经营以下业务：婚礼录像、婚纱摄影、生日庆典、升学宴会、开业庆典服务；可提供婚礼彩车、仪式策划等多方面的服务。在与××婚庆公司的合作中，您只需花工薪阶层的价位，却可以享受高档贵族的服务。

××婚庆公司成立以来，在与客户愉快的合作中，我们集思广益，汇聚了多名资深专业婚庆专家，以经典的婚礼策划实例和丰富的婚庆行业运作经验，逐步树立××婚庆行业的诚信品牌。并为促进婚礼服务、生日庆典、吉业隆开的诚信及品质的提升而不懈努力着。

××婚庆公司开业以来，已经陪伴数对幸福的新人携手走进神圣的婚姻殿堂。公司为社会各界人士成功地举办了形式迥然、风格多样的婚礼及各类庆典活动：从自家的喜庆大棚到浪漫的现代婚礼；从简朴的农家院落到豪华的星级酒店。让您既有神圣的内心感受，也有热烈的喜庆气氛；既有海滨沙滩的海誓山盟，也有长城脚下蓝天为证；既有新生婴儿的百日祝福，也有耄耋长者的金婚纪念。这其中有普通平民，也有社会各界名流。在长期的服务过程中，我们得到了这样的评价："＿＿＿＿＿＿＿＿＿＿。"

公司将继续遵循"＿＿＿＿"的经营宗旨，以"＿＿＿＿"为服务信念，继续创新将中华传统婚礼与现代时尚个性潮流婚礼相融合的发展模式，创立具有自己独特风格的庆典模式，为不同文化、民族、信仰和社会背景的社会各界人士量身定做独特的礼仪服务，为您的婚礼和庆典谱写人生中最为华丽的乐章。

××婚庆公司总经理××先生竭诚欢迎您的光临，愿意与您携手为您的人生定格一个又一个秀美的风景线，记录下您辉煌和美好的每一瞬间。

××婚庆有限公司

地址：＿＿＿＿＿＿＿＿＿＿

联系电话：＿＿＿＿＿＿＿＿

＿＿＿＿年＿＿＿＿月＿＿＿＿日

2. 撰写广告宣传片

撰写广告宣传片是为了有效地巩固、提升企业形象，展示企业文化特色及企业产品、服务，从而达到预期的宣传目的和广告效果。婚庆公司在撰写广告宣传片时，可按照以下步骤进行，如图所示。

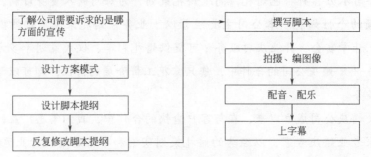

撰写广告宣传片的步骤图

三、网络宣传

随着互联网的发展、婚庆公司员工年轻化，对网络的接受程度较高，大多数婚庆公司开始重视这种低成本、高回报的网络宣传形式，甚至有很多婚庆公司会专门招聘网络人员来负责公司的网络营销。一般来说，婚庆公司在进行网络宣传时，可参考以下方法。

1. 网站建设

婚庆公司在建设自己的网站时，可参考以下方法。

（1）针对性的内容。

（2）适当的优化。

 提醒您

婚庆公司的网站内容一定要有针对性，当新人一打开就能看到自己想看的内容，看到了自己感兴趣的内容后，要能方便地进行电话或在线咨询。因为现在的新人都希望自己的婚礼是独一无二的婚礼，因此设置一个婚礼定制表单提交是非常有必要的。

2. 网站推广

婚庆公司在进行网站推广时，可参考以下范本。

【范本】

网站推广方法选择

序号	方法	诠释	你的选择
1	论坛推广	在一些本地比较知名、人气旺的论坛进行宣传，特别是针对性比较强的论坛，宣传效果会更好，如：Q吧、婚庆社区等	
2	企业博客	建立公司博客，特别适用于暂时无网站的婚庆公司，博客平台选择、博客内容更新是很重要的	
3	QQ群推广	加入本地的新人QQ群或自己建立结婚QQ群，让更多的本地新人加入进来，这些都是你的潜在客户；QQ群邮件也是一个很好的宣传手段	

续表

序号	方法	诠　释	你的选择
4	百度互动社区	这里主要指的是百度的几个重要产品：百度百科、知道及贴吧，它们在百度权重极高，合理用好这三个百度的产品，可以借力发力，会有意想不到的收获	
5	本地门户网站推广	寻找本地知名婚庆类网站投放广告或合作做活动，因为相对于知名门户网站来说，性价比会高很多；与当地知名婚庆媒体建立良好的合作关系，因为一般来说他们拥有很多新人资源	
6	搜索引擎优化	选好关键词；标题描述要精练、与关键词相应应；网站内容、层次分明、内链清晰；加强网站外链，不求多，只求精	
7	竞价广告	主要指百度及 google 广告，这也是目前很多婚庆公司采用的宣传形式，在设置广告前多看看别家的广告内容是什么，自己的标题要怎么写、描述要怎么写，才有针对性	

注：请在适合你的方法项打"√"。

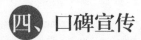 四、口碑宣传

所谓的口碑宣传就是通过一些具体的细节服务，赢得顾客的赞扬，从而口口相传，这种口碑的力量是最好的宣传方式，可以很好地获取客户。

当然，想要赢得顾客的赞扬，需要注意采取一些措施，根本上来讲就是要做好服务。让顾客感到你是真正地用心为他们筹办一场成功的婚礼。比如在新人首次结婚纪念日，婚庆公司可以送上一束鲜花和一个蛋糕，以此来体现对新人的祝福。

 【范例】

结婚纪念日，我们为您记着

几位刚毕业的大学生在某县新开了一家婚庆公司，由于资金相对比较缺乏，只是一个小小的店面，加上该县已有两家较大的婚庆公司，竞争比较激烈，起步阶段十分艰难。缺乏经验与技术，让许多客人最终还是不敢尝试。

于是，几位年轻人开始了种种营销，提出了免费为公司前五对新人策划婚礼，但是还是无人问津，终于其中一人的亲戚要结婚，经过死缠烂打，同意让他们试试。几位年轻人经过周到的准备，与新人进行沟通，最终策划了一场成功的婚礼，所有参加婚礼的人都询问是哪家婚庆公司策划的，纷纷慕名前来。

规模逐渐扩大，但是其服务的宗旨从未改变，在第二年，他们为每一对新

人的首次结婚纪念日送上了礼物，让许多新人感动不已。再后来，每位顾客的结婚纪念日，该婚庆公司都会送上一份小小的礼物，虽然因此公司会增加一部分开支，但是与其收到的效益相比只是小小的一部分。

相关链接

◆ 婚庆公司网站的建设

在网络信息时代，有关婚庆公司的信息在网络中是非常的丰富。现在的年轻人也更多地习惯在网络中寻找自己需要的信息。因此，制作一个引人注目的婚庆公司网站，让更多的人了解公司的网站是一个重要的工作。

在制作婚庆公司网站之前，可以先浏览一些知名的婚庆公司的网页，从专业的角度看看其风格有什么可以借鉴的地方，从客户的角度看看有什么需要改进的，从而综合之后吸取其精华，最终制作出一个具有本公司特色的婚庆网站。

婚庆公司可以委托专门的网站制作公司制作，如果公司有熟悉网站制作的人员，也可以自己设计制作，以便节约成本。但是无论是谁制作，有的规则是需要共同遵循的，婚庆公司网站是具有行业特点的网站，因此具有一定的行业特色。

1. 主题明确

婚庆公司网站要有明确的主题，最好是做到内容精致，具有婚庆公司特色。最好不要将所有信息都放在网站上，会让人感到缺乏主题和特色。

网站的题材要与婚庆公司的内容相关，主要包括婚庆公司的名称、婚庆公司的相关介绍、婚庆公司的相关机构、婚庆公司的成功案例等。同时注意题材要与所属婚庆公司的实际一致。

2. 首页制作

首页的设计对于能否吸引人起关键作用，换言之首页直接关系到整个网站的成功与否，在确定婚庆公司网站的基本栏目、整体风格之后，就可以对首页设计。

婚庆公司首页设计时，需要注意整体的版面布局、色彩搭配、字体的设置，但是对于细节也需要注意，往往从细微之处见水平。

首页制作一般的分为以下三个步骤。

（1）结合婚庆公司网站的特点，确定首页功能模块；

（2）结合婚庆公司的风格，设计首页的版面；

（3）处理技术上的细节。

3. 网站形象

好的婚庆公司网站需要对其整体形象进行包装设计，准确、具有新意的形象可以对建成后的宣传、推广起到事半功倍的作用。

标志的设计创意必须结合网站的名称和内容，能表明和婚庆公司的关系。婚庆公司网站的主题色必须选择能体现婚庆公司网站主题形象和内涵的色彩。婚庆公司网站的标志、标题、主菜单和主色块主要采用主题色，可以让人感到整体统一，其他色彩只能作为点缀和衬托，以免喧宾夺主。

4. 栏目版块

婚庆公司栏目版块要紧扣主题，主栏目个数在总栏目中要占绝大多数，可以给人感觉专业，主题突出，能给人留下深刻印象。为方便常来的访客，使网站有人性化，可以设计一个最佳更新或婚庆公司指南栏目。提供一个可以供管理员与用户交流的栏目，不需要多，但一定要有，比如论坛、留言板等。

在划分栏目时，尽可能删除与婚庆公司无关栏目，将网站最有价值的关于婚庆公司的内容列在栏目上，做到方便访问者的浏览查询。

在婚庆公司网站建好之后，需要及时更新信息，吸引人驻足，不然就不会收到建设网站的效果。

婚庆公司的促销方法

一般来说，婚庆公司在做促销时，可参考以下方法，如下表所示。

婚庆公司的促销方法

序号	方法	诠 释
1	价格促销	在这类促销中，刺激购买的诱因都是以价格为基础的，价格是其中主要的吸引因素，因而在促销信息中往往被突出地加以强调

续表

序号	方法	诠　释
2	介绍型促销	这类促销的设计目的：为了向市场介绍新的服务项目，还可设计用来争取其他客人
3	有奖型促销	这种类型的促销，通过提供某种中奖机会，诱使人们购买公司的产品或服务
4	联合型促销	将某一产品或服务拴系于另一公司的产品或服务进行促销，这通常是在双方都明显受益的情况下采用的
5	合作型促销	合作型促销和联合型促销有些类似，但合作型促销的采用是因为双方各自的预算都有限，或是因为将这些产品或服务放到一起促销会更具价值
6	营造回头业务型促销	这类促销的设计目的：通过增加婚庆公司曾服务过的对象介绍新客户而提供某种奖励或报偿去营造回头业务
7	份额竞争型促销	这类促销的目的：通过采取某种形式的刺激措施，从竞争对手那里夺去市场份额，明显低于竞争者的价格、高于竞争者产品的待遇，或其他胜过竞争者的优点，是这类促销的核心内容
8	劝试型促销	这类促销活动的目的：鼓励婚庆公司目标对象试用产品或服务，其方法之一常常是利用价格刺激顾客尝试某一产品或服务

第七章

婚庆服务

婚礼仪式的基本形式

每一种婚礼形式都有其特定的标志性内容，具体内容如下表所示。

不同婚礼形式的内容

序号	形　式	内　容
1	流行式婚礼	是最常见的富有时代特征的婚庆形式，如花车娶亲、酒店典礼、大宴宾朋、新人敬酒、嬉闹洞房等
2	集体婚礼	是最省心省事的选择，也是各地妇联、特大型企业经常举办的，一般选择"五一劳动节"、"五四青年节"等节节假日举办，但不利于突出婚礼个性
3	传统民俗婚礼	又称纯中式婚礼，主要是花轿摇、唢呐响、接新娘、红霞帔、红盖头、戴红花、点花烛、拜天地、敬高堂、入洞房等内容，不过，每个民族的婚礼都有自己的传统和特色
4	教堂圣经唱	其主要内容是教堂、神父、圣经、圣水、婚誓、婚戒、唱诗班等
5	中西合璧式婚礼	是指教堂婚礼和现代流行式婚礼的结合
6	其他特色类婚礼	旅行结婚、空中结婚、水下结婚、小范围亲朋好友聚餐的简单结婚等

婚礼仪式的主持流程

1. 场外婚礼

场外婚礼，主要是在户外草坪或场地比较宽阔的家中院落里举行的婚礼，目前也成为一种时尚婚礼。仪式结束后，亲友们可到酒店进餐，也可举行一个别具一格的自助餐或户外自助烧烤。其主持步骤如下图所示。

场外婚礼

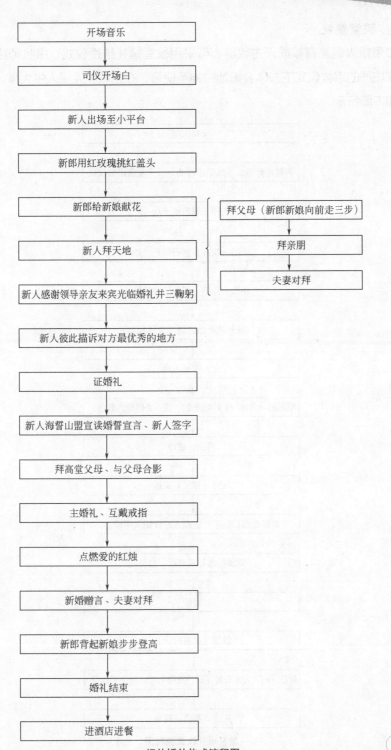

开场音乐
↓
司仪开场白
↓
新人出场至小平台
↓
新郎用红玫瑰挑红盖头
↓
新郎给新娘献花
↓
新人拜天地 —— 拜父母（新郎新娘向前走三步）
↓ 　　　　　　　 ↓
新人感谢领导亲友来宾光临婚礼并三鞠躬 —— 拜亲朋
↓ 　　　　　　　 ↓
新人彼此描诉对方最优秀的地方 —— 夫妻对拜
↓
证婚礼
↓
新人海誓山盟宣读婚誓宣言、新人签字
↓
拜高堂父母、与父母合影
↓
主婚礼、互戴戒指
↓
点燃爱的红烛
↓
新婚赠言、夫妻对拜
↓
新郎背起新娘步步登高
↓
婚礼结束
↓
进酒店进餐

场外婚礼仪式流程图

2. 教堂婚礼

如果新人是基督教或天主教徒，可采用教堂婚礼结婚仪式。由牧师或神父证婚，在庄严的宗教仪式下去体会婚姻的神圣使命，在圣歌中完成人生大事。其主持步骤如下图所示。

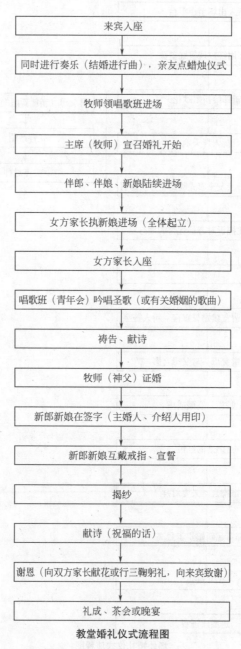

来宾入座

同时进行奏乐（结婚进行曲），亲友点蜡烛仪式

牧师领唱歌班进场

主席（牧师）宣召婚礼开始

伴郎、伴娘、新娘陆续进场

女方家长执新娘进场（全体起立）

女方家长入座

唱歌班（青年会）吟唱圣歌（或有关婚姻的歌曲）

祷告、献诗

牧师（神父）证婚

新郎新娘在签字（主婚人、介绍人用印）

新郎新娘互戴戒指、宣誓

揭纱

献诗（祝福的话）

谢恩（向双方家长献花或行三鞠躬礼，向来宾致谢）

礼成、茶会或晚宴

教堂婚礼仪式流程图

提醒您

　　举行教堂婚礼在仪式结束时，一对新人率先退场，身后是戒童和花童。姐妹团成员和伴郎团各成一队，两两一对。伴娘要先走，走在伴郎的右手边。如果人数不平均，一位伴郎要护送两名姐妹团成员离开；多出来一个伴郎便单独走，两个便组成一对同时行进。当队伍走到门口或仪式现场的后面时，指定的伴郎要回到里面护送新人的母亲、祖母和一些尊贵的客人退场。

3. 中式婚礼的仪式流程

中式婚礼是我国最传统的婚礼仪式

中式婚礼的主持步骤，如图所示。

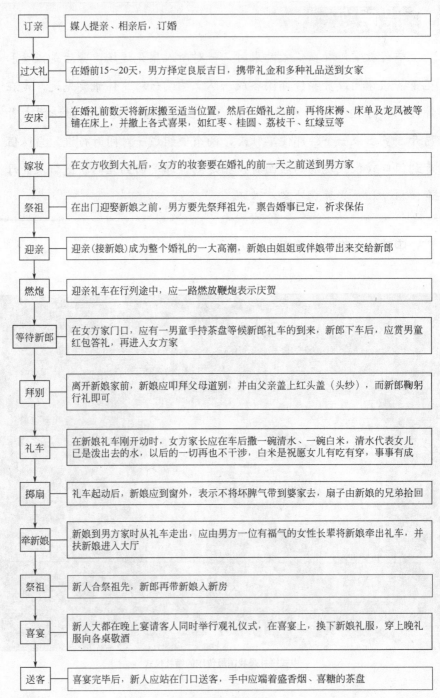

订亲	媒人提亲、相亲后，订婚
过大礼	在婚前15～20天，男方择定良辰吉日，携带礼金和多种礼品送到女家
安床	在婚礼前数天将新床搬至适当位置，然后在婚礼之前，再将床褥、床单及龙凤被等铺在床上，并撒上各式喜果，如红枣、桂圆、荔枝干、红绿豆等
嫁妆	在女方收到大礼后，女方的妆套要在婚礼的前一天之前送到男方家
祭祖	在出门迎娶新娘之前，男方要先祭拜祖先，禀告婚事已定，祈求保佑
迎亲	迎亲(接新娘)成为整个婚礼的一大高潮，新娘由姐姐或伴娘带出来交给新郎
燃炮	迎亲礼车在行列途中，应一路燃放鞭炮表示庆贺
等待新郎	在女方家门口，应有一男童手持茶盘等候新郎礼车的到来，新郎下车后，应赏男童红包答礼，再进入女方家
拜别	离开新娘家前，新娘应叩拜父母道别，并由父亲盖上红头盖（头纱），而新郎鞠躬行礼即可
礼车	在新娘礼车刚开动时，女方家长应在车后撒一碗清水、一碗白米，清水代表女儿已是泼出去的水，以后的一切再也不干涉，白米是祝愿女儿有吃有穿，事事有成
掷扇	礼车起动后，新娘应掷到窗外，表示不将坏脾气带到婆家去，扇子由新娘的兄弟拾回
牵新娘	新娘到男方家时从礼车走出，应由男方一位有福气的女性长辈将新娘牵出礼车，并扶新娘进入大厅
祭祖	新人合祭祖先，新郎再带新娘入新房
喜宴	新人大都在晚上宴请客人同时举行观礼仪式，在喜宴上，换下新娘礼服，穿上晚礼服向各桌敬酒
送客	喜宴完毕后，新人应站在门口送客，手中应端着盛香烟、喜糖的茶盘

中式婚礼仪式流程图

4. 烛光婚礼

烛光婚礼一直受到众多新人的喜爱

烛光婚礼的流程，如图所示。

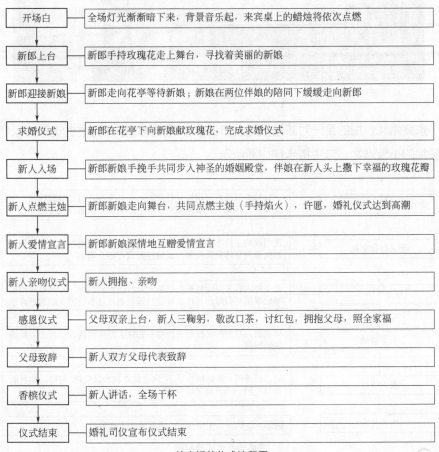

开场白	全场灯光渐渐暗下来，背景音乐起，来宾桌上的蜡烛将依次点燃
新郎上台	新郎手持玫瑰花走上舞台，寻找着美丽的新娘
新郎迎接新娘	新郎走向花亭等待新娘；新娘在两位伴娘的陪同下缓缓走向新郎
求婚仪式	新郎在花亭下向新娘献玫瑰花，完成求婚仪式
新人入场	新郎新娘手挽手共同步入神圣的婚姻殿堂，伴娘在新人头上撒下幸福的玫瑰花瓣
新人点燃主烛	新郎新娘走向舞台，共同点燃主烛（手持焰火），许愿，婚礼仪式达到高潮
新人爱情宣言	新郎新娘深情地互赠爱情宣言
新人亲吻仪式	新人拥抱、亲吻
感恩仪式	父母双亲上台，新人三鞠躬，敬改口茶，讨红包，拥抱父母，照全家福
父母致辞	新人双方父母代表致辞
香槟仪式	新人讲话，全场干杯
仪式结束	婚礼司仪宣布仪式结束

烛光婚礼仪式流程图

5. 家庭婚礼

家庭婚礼

家庭婚礼，指的是一对新婚夫妇在自己家中或其他场所举办的约请双方亲朋好友参加的小型婚礼。其主持步骤如图所示。

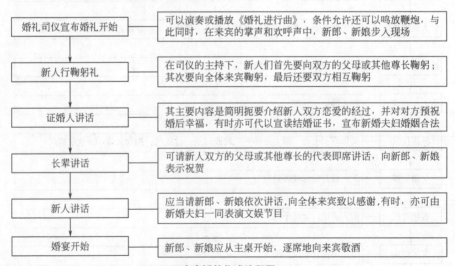

婚礼司仪宣布婚礼开始	可以演奏或播放《婚礼进行曲》，条件允许还可以鸣放鞭炮，与此同时，在来宾的掌声和欢呼声中，新郎、新娘步入现场
新人行鞠躬礼	在司仪的主持下，新人们首先要向双方的父母或其他尊长鞠躬；其次要向全体来宾鞠躬，最后还要双方相互鞠躬
证婚人讲话	其主要内容是简明扼要介绍新人双方恋爱的经过，并对对方预祝婚后幸福，有时亦可代以宣读结婚证书，宣布新婚夫妇婚姻合法
长辈讲话	可请新人双方的父母或其他尊长的代表即席讲话，向新郎、新娘表示祝贺
新人讲话	应当请新郎、新娘依次讲话，向全体来宾致以感谢，有时，亦可由新婚夫妇一同表演文娱节目
婚宴开始	新郎、新娘应从主桌开始，逐席地向来宾敬酒

家庭婚礼仪式流程图

6. 混合式婚礼

混合式婚礼的主持步骤，如图所示。

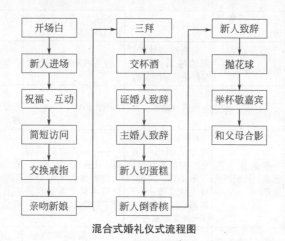

混合式婚礼仪式流程图

相关链接

不同主题的婚礼

不同主题的婚礼风格、形式等是不一样的，具体如下表所示。

不同婚礼主题

主题类别	别致奢华	温馨私密	浪漫优雅	绚丽个性
总体风格	小型、华丽、正式	轻松的家庭式私密聚会	通过个性的细节装点，营造童话般唯美、圣洁的婚礼	富有新意、出人意料
婚礼场地	城中的奢华餐厅或星级酒店宴会厅	别墅式花园，小型休闲农庄或度假村	植物园或者是空旷的户外绿地	俱乐部、Loft 或你和爱人能想到的最能体现两人个性的场地
花费最多项目	婚宴餐品及酒水	场地租金，户外婚礼仪式台、接待台的搭建费用	一些可爱又梦幻的装饰物或仪式细节花费	婚礼仪式中各种精彩节目的策划和表演者的费用
场地布置	运用灯光打造亦梦亦幻的现场感觉	造型优美的帐篷	可以用花朵拼成自己与爱人姓名的首字母装饰在入口处	像组织一次大型活动或Party 那样，运用炫目的灯光来营造具有冲击力的视觉效果
主题色彩	水果色，紫色系，加入金色或银色等金属色点缀	绿色、粉色、浅黄色	奶油黄、梦幻浅粉、西芹绿	有丰富光泽的宝石蓝、亮橘色、珠光酒红色以及迷幻银色
新娘造型	长款拖尾婚纱	短款公主型婚纱，搭配大花朵头饰和帽子	裹胸式小裙摆直线型婚纱	短款、紧身、性感十足的婚纱及礼服

相关链接

续表

主题类别	别致奢华	温馨私密	浪漫优雅	绚丽个性
新郎造型	深色西服套装	休闲西服	正式的浅色西服套装或燕尾服	有光泽感的礼服
伴娘造型	剪裁设计简洁的小晚礼服	与新娘婚纱相搭配的棉质太阳裙，最好是花朵图案的	浅色系及膝丝质晚装	复古长款礼服
婚宴形式	丰盛隆重的法式晚宴	西式自助餐	西式婚宴	西式自助餐和鸡尾酒会相结合，由侍者手托各种餐点及饮料在宾客间穿梭
餐桌装饰	多人座长型餐桌，搭配高挑桌花	4～6人用木质方形或圆形餐桌，用小型花器摆放的球形桌花，或者直接用绿植包裹取代花器；搭配格纹或花朵图案的桌布	8～10人座圆形餐桌，用玫瑰、并蒂莲、百合等作为主要的花材与水果元素结合进行花艺装饰	4～6人座小圆桌，将花艺与蜡烛结合起来，用摇曳的烛光和银制或水晶制饰品与场地内的灯光相呼应
背景音乐	爵士风格音乐	乡谣风格的乐曲	由乐队演奏的live音乐	当然是邀请最酷的DJ来现场打碟
婚礼蛋糕	法式塔形	用鲜花装饰的2层或3层圆形水果奶油蛋糕	椭圆形糖霜婚礼蛋糕，并用缎带装饰	造型独特的黑巧克力蛋糕
婚礼回礼	精致的法式甜品或特别设计的巧克力礼盒	包装精巧的小罐蜂蜜或果酱；或者是具有田园风情的木制饰品	印有新人婚礼logo的音频制品或包装精致的糖果	一瓶包装精美的上好红酒

婚礼入场仪式

1. 主婚人进场

音乐停止后，主婚人是第一个走过婚礼甬道走上婚礼台的人。主婚人走到婚礼台的正中位置，面对宾客站定下来。

2. 新郎与父母入场

接下来进场的是新郎。传统习俗中，新郎的父母是在婚礼开始前就由迎宾员引导至事先留好的座位上。不过，越来越多的年轻人觉得这样的仪式不能突出父母的重要地位。所以，许多新郎会选择与父母一同在众人注视下走过婚礼的甬道，走到父母的座位处站定。然后新郎与母亲亲吻后，父母入座，新郎走到主婚人的左手边（即宾客的右边），面对宾客站定。

3. 伴郎、伴娘入场

伴郎、伴娘入场是在新郎入场以后，新娘入场之前。伴郎、伴娘们入场的方法有三种。

（1）伴郎先鱼贯而入，然后伴娘在音乐声中一个个走入婚礼甬道。

（2）主伴郎与新娘一同入场，其他伴郎和伴娘一对对并肩走入，最后主伴娘单独走入。

（3）伴郎与伴娘以一对对的形式走过婚礼甬道。

（4）注意事项如下。

在新郎进场站定以后，全场肃静。乐队奏起婚礼团进场的曲目，第一对伴郎与伴娘以女左男右的形式挽臂步入，走上婚礼甬道。伴娘的左手持捧花，右手插在伴郎的臂弯中，走到婚礼台前方，伴郎站定，伴娘走向主婚人的右手边（即宾客的左前方），伴郎则走到反方向，在新郎身边站定。

当第一对伴郎、伴娘走到婚礼甬道的前半段时，第二对伴郎、伴娘开始挽臂而入。最后进场的是主伴郎和主伴娘。在婚礼台上的站立顺序是最先入场的伴郎、伴娘站在最尾端的两头，而主伴郎、伴娘则站在最靠近主婚人和新郎的地方。

4. 花童和戒童入场

花童和戒童入场是在伴郎、伴娘入场以后，新娘入场之前。这时应注意如下事项。

（1）在花童和戒童入场之前，迎宾员会将台前卷好的白色长条地毯展开至婚礼场地的最后端。

（2）花童手持装满花瓣的花篮，戒童则手持一个方形白色小枕，上面正中的白色丝带上系着两枚结婚戒指（通常，这里用的是假戒指，真的婚戒藏在主伴郎的口袋里）。

（3）前行时，花童一路把花瓣撒在新娘将要经过的白地毯上。

（4）到了婚礼台前，花童站到主伴娘身后，戒童则站到主伴郎身后。

（5）如果新娘的婚纱有很长的后摆，常常会选择一至数位裙童在入场时手持裙摆。

（6）注意事项如下。

花童、戒童以4～8岁为宜，裙童以6～10岁为宜；性格上最好比较活跃、不怯场，比较好沟通。花童通常由小女孩担任；戒童通常由小男孩担任；裙童可以是男孩或女孩。

5. 新娘与父母入场

婚礼入场式进入到这一刻,最激动人心的场面到了:新娘即将入场。传统习俗中,新娘是由父亲陪伴入场的。新娘的母亲则同传统中新郎的父母一样,在入场式开始之前就由迎宾员送至座位坐下。不过现在的婚礼上,越来越多的新娘认为,母亲在她们生活中的意义与父亲一样重要。所以,由父母同时陪伴入场,成为了一种新的时尚。

新娘与父母入场的步骤如下。

(1)当新娘与父母的身影在婚礼白地毯最尾端出现的时候,他们会稍作停顿。

(2)新娘双手持捧花,父亲站在新娘的右手,母亲在左手,两人的手臂轻轻挽住新娘。

(3)乐队高奏《婚礼进行曲》,这时,所有的宾客都会起立,面向新娘,以表示对她的尊敬。

(4)在乐曲声中,新娘与父母缓步走至婚礼台前站定,新郎迎上前去。

(5)父亲撩开女儿的面纱,亲吻她的脸颊,然后新娘再转头,同母亲亲吻。新娘的面纱自此到婚礼结束为止都是掀开的。

(6)新娘上前一步,把捧花移到左手,将右手移进新郎的臂弯。

(7)这时,主婚人发问:"谁许可这女子缔婚?"新娘父母回答:"我们。"

(8)然后,新娘父母归位。

(9)新娘和新郎走到婚礼台正前方,以女左男右的形式面向主婚人站定,婚礼仪式的重心部分即将开始。

7. 集体婚礼

集体婚礼,就是几对、十几对,甚至上百对青年在一起同时举行的一种婚典形式。集体婚礼的主办者可以是一个单位或者是一个群众组织,或者是几个单位一起联合举办。集体婚礼的参加者以自愿为原则,不可勉强。参加集体婚礼,不收礼也不举行婚宴。可由主办单位与参加婚礼的各对新婚夫妇协商,确定邀请来宾名单,由主办单位统一发出请柬,如果是本单位单独举办的,也可以大红海报的形式告示本单位职工自由参加。

集体婚礼的主持步骤如图所示。

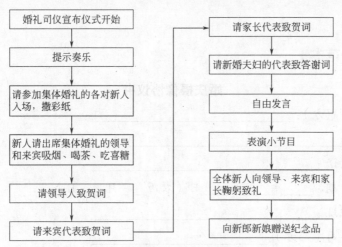

集体婚礼仪式流程图

三、摄影

结婚是一个人一辈子的终身大事，结婚典礼是一个隆重而富有纪念的活动。如果用摄像机拍下其整个过程，不仅能给新人送上一份珍贵的杰作，而且还能使整个典礼变得更加隆重有趣。婚庆公司在给新人的婚礼摄影时，应注意以下方法。

1. 签署摄影协议书

婚庆公司在摄影前，应与新人签署摄影协议书，以明确双方的责任，避免不必要的纠纷。一般来说，摄影协议书应包括以下内容。

（1）婚庆公司的名称、联系电话。

（2）客户的姓名、联系电话、家庭住址。

（3）拍摄的具体日期。

（4）服务标准、时间。

（5）拍摄内容、摄像时长。

（6）光盘时长、内容、格式。

（7）交付方式。

（8）违约责任。

（9）纠纷调解方式。

（10）生效方式。

以下提供范本、范例作为参考。

【范本】

婚庆摄像协议书

客户（甲方）：＿＿＿＿＿＿＿＿＿＿＿＿＿＿＿＿

姓名：＿＿＿＿＿＿＿＿＿＿＿＿＿＿＿＿＿＿＿＿＿

联系电话：＿＿＿＿＿＿＿＿＿＿＿＿＿＿＿＿＿＿＿

拍摄日期：＿＿＿年＿＿＿月＿＿＿日（农历＿＿＿月＿＿＿日）

家庭住址：＿＿＿＿＿＿＿＿＿＿＿＿＿＿＿＿＿＿＿

婚庆公司（乙方）：＿＿＿＿＿＿＿＿＿＿＿＿＿＿＿

姓名：＿＿＿＿＿＿＿＿＿＿＿＿＿＿＿＿＿＿＿＿＿

联系电话：＿＿＿＿＿＿＿＿＿＿＿＿＿＿＿＿＿＿＿

根据《中华人民共和国合同法》、《中华人民共和国消费者权益保护法》，为明确双方权利义务关系，经双方协商一致，在自愿、平等的基础上达成一下协议，共同遵守。

一、服务标准

乙方提供摄像师一名，在甲方举办的婚礼时，以＿＿＿摄像的方式提供摄像服务。

二、服务时间

＿＿＿＿＿小时之内（按上午＿＿＿点＿＿＿分至下午＿＿＿点＿＿＿分计算，超时收费标准为＿＿＿元／小时）。

三、拍摄内容

新房＋迎亲车队＋女方家＋婚宴（中午）＋迎亲车队（回程）＋婚宴（晚上）＋闹洞房；如果需加摄其他内容请说明：＿＿＿＿＿＿＿＿＿＿＿＿。

四、摄像时长

＿＿＿＿＿～＿＿＿分钟。

五、光盘时长

＿＿＿＿＿～＿＿＿分钟。

六、光盘内容

片头＋＿＿＿分钟精剪MV＋全程摄像＋片尾。

七、光盘格式

_____格式；画面比例_____：_____

八、摄像成品

_____光盘_____张（送××婚庆专用光盘盒）。

九、_____交付时间

从拍摄当日起_____~_____天。

十、付款方式

甲方于本合同签订之日向乙方支付定金人民币_____元（定金按总价款的_____%给付）；交付成品光盘时给付余款人民币_____元。

十一、其他约定

1. 甲方如需变更拍摄时间，应提前_____天书面告知乙方。

2. 为了方便拍摄花车，乙方应提供有天窗的小车。新人房间灯光应足够明亮。

3. 如因天气有雾、下雨、光线昏暗，停电及各种自然原因等问题致使画面失真或灯光昏暗模糊不清，或因拍摄环境混乱拥挤致使画面不稳定，甚至婚礼过程环节摄像部分丢失，乙方不负任何负责。

4. 如在拍摄过程中出现机器故障，致使无法正常拍摄，或电脑后期出现无法修复的损失，双方应协助进行补救。如果补救失败，造成不可避免的损失，乙方按法律规定只赔偿甲方摄像全额的两倍作为精神损失费，或协商其他方法解决。

5. 甲方应保障乙方摄像师的人身安全，以及摄像器材不被丢失损坏。如因甲方的原因造成摄像师人身安全受到侵害以及摄像器材丢失损坏，由甲方负责赔偿。同时乙方将保留诉讼的权利。

6. 甲方预定摄像后必须交付定金。甲方交付定金后违约决定不用乙方的摄像服务，定金慨不退还。

7. 自甲方签收光盘后，发现有质量问题，_____个工作日内请把光盘送回。乙方将免费为甲方重做，超过时间视为质量合格，乙方不负任何责任。如属甲方损坏，严重划伤、磨损由甲方负责。乙方只收刻录光盘的成本费，光盘丢失损坏由甲方负责。

8. 本协议一式_____份，双方各持一份。

9. 没有本协议者不确保质量，也不负任何法律责任，双方签名后方可生效。

10. 如因婚庆拍摄发生争议，以本协议为依据进行调解；如调解未果，可以本协议为依据向当地仲裁或司法部门申请调解。

兹声明以上所填内容属实，并已认真阅看及同意《婚庆摄像协议书》。

附：价格表

甲方签字：_____　　　乙方签字：_____

_____年_____月_____日　　　　_____年_____月_____日

【范例】

摄影责任不明　导致法律纠纷

李某和王某经过漫长的恋爱长跑，决定在2010年5月1日举行结婚典礼。结婚是人生的头等大事，两人想通过婚礼录像的方式纪录下人生中最重大、最具纪念意义的时刻。在婚礼前夕，两人找到了位于××路附近的一家婚庆公司，并和该婚庆公司经营者陆某商定，由张某负责对整个婚礼过程进行录像，并制作成婚礼录像光盘，各项费用共计500元。

5月1日，婚礼如期举行。从早上6点新郎、新娘化妆，到下午3点新郎、新娘双方亲友吃完喜宴，李某和王某一直沉浸在婚礼的喜悦中，而张某一直跟随新郎、新娘对婚礼过程进行拍摄。婚礼结束后，夫妻俩才得知，张某跟拍了9个小时，仅录了4分钟的视频资料，其中还遗漏了迎新娘、主婚、证婚等婚礼过程。

婚礼录像是一种不可重复的特种纪念。因为当时婚礼的场景具有不可再现性，无法补救，李某说："张某的行为给我及我先生造成了严重的精神损害。"因此李某和王某把该婚庆公司告上了法庭。

最后法院根据双方签署的摄影协议书所协商的内容不够详细、责任不明确为由，要求该婚庆公司赔偿给李某和王某精神损害赔偿金5000元。

由上可见，在签署摄影协议书时，明确双方的责任及服务的详细内容是多么重要。

2. 婚礼摄影方法

婚庆公司在为新人摄影时，可参考以下方法，如下表所示。

婚礼摄影方法

序 号	方 法	诠 释
1	拟订计划	在拍摄前事先拟好拍摄计划，并了解新人及其家人对摄像的要求，认识新人双方的家属，以防漏拍而造成遗憾
2	观察环境	摄影前要先注意周围的状况，这样在拍摄时就可以考虑哪些镜头可以选择，哪些场面可以用什么景色；拍摄时不要大意，应时刻观察周围或身后的状况，不要因脚踩空或来往车辆造成不必要的伤害
3	兼顾剪辑	当用摄像机记录眼前的景物时，每一个机位的选择，每一次"推、拉、摇、移"的运作，都要考虑到后期制作时的编辑可能性，这样才能制定出切实有效的拍摄方案来
4	捕捉高潮	当拍摄一场盛大的典礼时，要悉心观察每一位心潮澎湃的人，突出每一个姿态张扬的动作，记录每一句饱含深情的话语，将情绪贯注于镜头里，浓墨重彩地呈现一场人生的盛宴

相关链接

◆ 婚礼摄像不能错过的经典镜头

【婚礼摄影经典镜头1】：新娘照镜子化妆

结婚当天的早晨，新娘一早起来就梳妆打扮，忙这忙那，忙碌着的新娘多美丽啊！这么重要的镜头怎么可以少了呢？所以拍这张照片最好把镜子中的人的样子也拍进去，还可以把化妆台上凌乱的样子也拍进去。这样效果会更不一般。

【婚礼摄影经典镜头2】：戴上头纱的一瞬间

画面中母亲亲手为自己的女儿戴上头纱，此时母亲的心中也应该是无限的感慨。母亲一边温柔地帮女儿打理，一边关照这个、唠叨那个。在母亲眼中女儿仍然还是个长不大的孩子。这个镜头可以处理得朦胧一些，也可以借助窗口的自然光线，让感觉就停留在一种温柔的瞬间。

【婚礼摄影经典镜头3】：透过头纱的新娘侧面

把脸藏在朦胧的头纱后面，可以让人感到新娘的些许羞涩及对未来幸福生活的一种憧憬。新娘可以站在窗前，借助一些自然的光线，还可以捧上鲜花，两眼望着鲜花，双眼向下，效果更加完美。

【婚礼摄影经典镜头4】：新娘的背影

新娘站在窗前，面对着窗口，若有所思的样子，不知道是在偷偷开心自己找到了一个好老公，还是在伤心，舍不得和自己的父母分开了。一个人静静地站在窗前，微微打开窗纱，那样一个有着些许朦胧的背影非常能表现一个新娘的丰富的心绪。

【婚礼摄影经典镜头5】：新娘和父母一起坐等新郎

早晨一切都准备完毕，和父母一起坐在沙发上，一边焦急地等待新郎的到来。虽然是个大喜的日子，但父母脸上仍难掩饰一种不舍、一种依恋。这张照片父母和新娘只需要像平时一样有说有笑，不必摆好姿势，刻意追求些什么。

【婚礼摄影经典镜头6】：新郎新娘在屋外合影

终于等到新郎的到来，在离开新娘家前一定要和他一起合影留念。那是新娘生活了很久的家，而马上将和新郎组织另一个新的家了。把出嫁前的这份不舍之情永远定格起来吧。

【婚礼摄影经典镜头7】：新娘下婚车进殿堂

当新娘从婚车上下来，一手捧着漂亮的鲜花，一手扶住车门，满脸笑容，准备走向婚礼的殿堂，也是走向自己幸福生活的新开始。所以脸上的笑容是那么自然又是那么真切，让在一旁看的人都为之感动。

【婚礼摄影经典镜头8】：特写鞭炮

在拍摄放鞭炮的过程中，不要忘了周围的环境、人们的表情。对有特殊表情的人，一定拍摄下来，如：小朋友用手捂着耳杂，既兴奋又害怕的表情，一定要拍摄下来。这样在播放时会显得更生动一些。

3. 电子相册的制作方法

（1）采用BenQPhotofamily 3.0软件制作电子相册的操作方法。

婚庆公司采用BenQPhotofamily 3.0软件制作电子相册时，可按照以下步骤进行，如图所示。

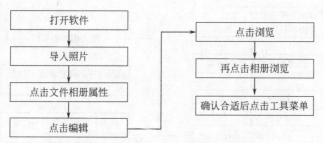

采用BenQPhotofamily 3.0软件制作电子相册的步骤图

1）打开软件。

在打开该软件时，可按照以下步骤进行，如图所示。

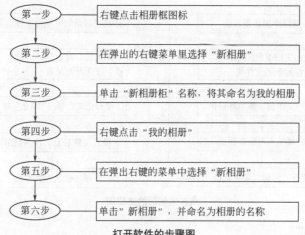

打开软件的步骤图

2）导入照片。

在导入照片时，可按照以下步骤进行，如下图所示。

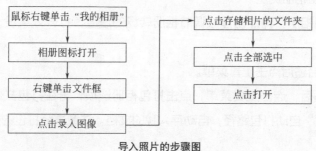

导入照片的步骤图

3）点击文件相册属性。

在点击文件相册属性后，可按照以下步骤进行，如下图所示。

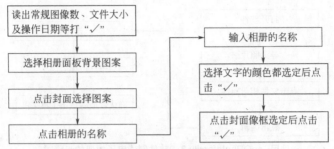

点击文件相册属性后的步骤图

4）点击编辑。

在点击编辑后，可按照以下步骤进行，如图所示。

点击编辑后的步骤图

5）点击浏览。

调好相片转场时间，按选好的位置排序相片。按名称或文件大小分类，也可按拍摄时间分类。

6）再点击相册浏览。

此时出现相册，再点击播放调节相册转场的速度，打开效果设置，即可看到图像。

7）确认合适后点击工具菜单。

确认合适后，点击工具菜单，点击打包相册选项，再在打包文件输入相册名称。点击"√"自动打包路径，自动存入我的文档。注意未经打包的相册必须进行保存操作。

（2）采用Memories OnTV软件制作电子相册的方法。

婚庆公司采用Memories OnTV软件制作电子相册时，可按照以下步骤进行，如图所示。

采用Memories OnTV软件制作电子相册的步骤图

先启动程序，进入界面，左侧显示"相册一"。右键点击相册，选择"重命名相册"，再右键点击"视盘"，选择添加新相册，并命名为相册的名称。

单击"相册一"左边的"+"出现区段，再右键点击区段1，将其命名与该区段相片有关的名称，再右键点击选项"添加新区段"。

在添加照片时，可按照以下步骤进行，如图所示。

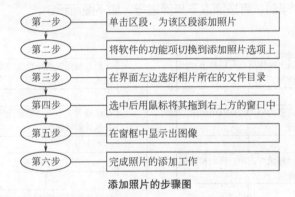

添加照片的步骤图

在添加音乐时，可按照以下步骤进行，如下图所示。

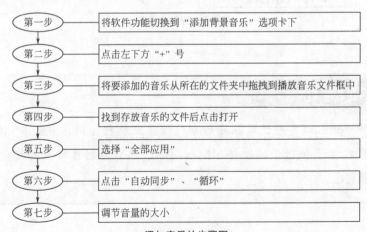

添加音乐的步骤图

将软件功能切换到"转场特效"选项卡下，设置相片特效和转场特效两效果。可全部选中，点击自动同步，再设定特技转场的时间，设置完成。

将软件功能切换到"交互菜单"选项卡下，为不同的相册设置交互菜单。

 提醒您

　　程序提供一些模板供用户使用，输入相片名称的字符，可调节字符大小、字体及字符的位置等。如果对背景图片和背景音乐不满意，可以单击自定义按按钮进行选择（即另行添加背景图片或背景音乐）。

在预览及刻录时，可按照以下步骤进行，如下图所示。

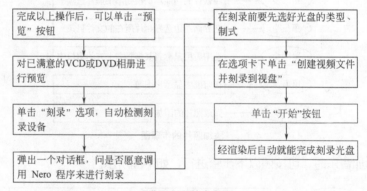

预览及刻录的步骤图

 提醒您

　　Photoshop CS 为数码相片后期处理系统软件；Photofamily3.0 为制作翻页式电子相册子的软件；MemoriesOnTV 为制作特技转场电子相册的软件。

◆ 影像场景配乐方法

在编辑婚礼影像时，音乐是少不了的。可参考以下常见的场景配音方法，如下表所示。

影像场景配乐方法

序号	事项	方　法	举　例
1	早起做接新娘准备	画面主要是新娘房、新娘及其亲戚，此时一般只有画面没有声音或只有偶尔的声音，这时应配一些相对比较轻松的音乐	如：《古老的故事》等
2	上路接新娘	在鞭炮声中，新郎坐进一辆气派的花车，带着昨日的甜蜜、私语、海誓山盟直奔新娘家，此刻配上一首节奏比较欢快的歌曲或配上一首能体现新郎此时心情的歌曲	如：《幸福快车》等
3	到新娘家	新郎手捧着鲜花下了车，他要把这束美丽的鲜花送给亲爱的新娘，然后再给美丽的新娘戴上结婚的戒指，此刻配上一首能体现新郎此时心情的歌曲	如：《爱的就是你》等
4	新人迎宾	此时新郎新娘站在门口等候亲戚朋友的到来，此时可配上一首能体现新人此时心情的歌曲	如：《最真的期待》
5	吃饭	可配一些喜庆的歌曲或情歌对唱	如：《赞酒歌》等
6	回新郎家	在鞭炮声中，新娘上了花车，这时配一首适合画面或新郎心情的歌曲	如：《大花轿》
7	好友拦门	应配上一首比较适合此时热闹的场面的歌曲	如：《红彤彤春天》
8	到了新房	新人相依着坐在一起，心里不知有多甜蜜，应根据人物心里和此时的画面来配乐	如：《甜蜜蜜》等
9	闹房	一对有情人终就成为眷属，可配上一些情歌对唱或体现此情此景的歌曲	如：《花好月圆》、《知心爱人》等

四、婚宴

婚庆公司在主持新人的婚宴时，可参考以下方法（以酒店为例）。

1. 合理安排婚宴座位

婚宴中的座位的确很重要。在中国传统礼仪中，座位是与这个人的身份和地位紧密联系在一起的。在安排座位时，可参考以下方法。

（1）父母亲戚、朋友同事。双方的父母应有各自单独的席位，父母的长辈、姐妹兄弟可安排在同一桌或相邻的同区域桌。通常新娘与新郎父母桌应靠近主桌并分列红地毯两侧，同一方来宾在同一区比较方便交流。

（2）新人的同事、业务伙伴。这部分人互相熟识的尽量安排在同一桌，不熟识的则需在每桌安插一位新人熟悉的好友及时照顾。这样会礼貌一些，应把这部分人安排在整个宴会区的中段。

（3）新人的同学、好友。应该让这部分来宾尽量就坐于乐队或表演区域附近，让其更好的带动现场气氛。性格较为内向、不爱交际的朋友，则应该安排在较为边缘的地方。这部分也包括帮忙的工作人员。

（4）小孩。可以将小孩与他们的父母集中在一个分区。这样不但可以让孩子们一起玩耍，也不会打扰到其他宾客，而且还方便为儿童配送适合的饮食。

 提醒您

　　如果酒店能够提供小型的儿童游乐设施，也可将一些席位安排在设施附近，方便家长监护自己正在玩耍的孩子。

 相关链接

◆ **婚宴座位的安排方法**

1. 室外婚礼的座位安排

室外婚礼的座位安排可参考以下方法。

（1）年长或身体状况不佳的宾客。

应让其坐在有遮挡的凉亭、纱帐、花棚内，不要让他们在阳光下暴晒过久。

（2）小孩。

不要把有小孩的席位安排在临近湖泊、洼地、公路、斜坡等有安全隐患的地方。

（3）花粉过敏症。

要了解哪些宾客有严重的花粉过敏症，注意不要把这些宾客安排在花圃周边。

（4）注意事项如下。

室外婚礼最大的特点就是自由。因此大多数宾客的座位不用特意安排，让宾客自由行走，可以使婚礼氛围更加活跃。

2.中式传统婚宴的座位安排

中式传统婚宴，需要服务人员一道道为宾客上菜，因此应选择较大的餐桌。座位的安排也不可过于紧凑，需要留有上菜的位置。

3.自助式婚宴的座位安排

自助式婚宴的座位安排可参考以下方法。

（1）自助式婚宴上来宾走动较多，需要在席间留出足够的行走空间。

（2）在自助式婚宴上，如果新人的朋友中有那种既热衷于美食，又不愿意有过多社交的朋友，便可以将其座位安排到取餐区的附近，让其尽情地享受与美食独处的乐趣。

4.婚宴主桌的安排

主桌是喜宴的核心。婚庆公司在安排婚宴主桌时，可参考以下方法，如下表所示。

婚宴主桌的安排方法

序号	不同情形	安排方法
1	新人坐在主桌中央面向大家	新郎坐在新娘左边；新郎左边是他的父亲；新娘的右边是她的父亲；新郎父亲左边是他的母亲；新娘父亲右边是她的母亲；父母的长辈坐在新人的对面；证婚人坐在长辈的边上；贵宾坐在证婚人边上
2	新人不落座	新郎的父亲坐在主桌中央；新郎左边是新娘的父亲；新郎的母亲坐在新郎父亲的对面；新郎左边是新娘的母亲；长辈在新娘父亲边坐；证婚人在新娘母亲边落座；贵宾坐在证婚人边上
3	新人家族很大一个主桌无法安排	可以安排两个主桌双方父母各在一个主桌上（已婚兄弟姐妹都可以安排在主桌上，也可以单独安排餐桌）；双方长辈、双方贵宾分别坐在两桌上
4	根据一些风俗习惯	可将新人的父母、长辈按照性别分桌将其分为两桌，主桌后面摆放的是新人双方家人亲属餐桌，左边是新郎的亲戚、同事、朋友，右边是新娘的亲戚、同事、朋友

2.婚宴的祝酒时间和顺序

祝酒，即在正式宴会上，由男主人向来宾提议，提出某个事由而饮酒。在饮酒时，通常要讲一些祝愿、祝福类的话，甚至主人和主宾还要发表一篇专门的祝酒词。

（1）婚宴的祝酒时间。敬酒可以随时在饮酒的过程中进行。要是致正式祝酒词，就应在特定的时间进行，并不能因此影响来宾的用餐。祝酒词适合在宾主入座后、用餐前开始，也可以在吃过主菜后、甜品上桌前进行。

（2）婚宴的祝酒顺序。

祝酒时应按以下顺序进行：一般情况下应按年龄大小、职位高低、宾主身份为序。

 提醒您

　　祝酒前一定要充分考虑好敬酒的顺序，分明主次，避免出现尴尬的情况。当新人分不清或职位、身份高低不明确时，也要按统一的顺序敬酒，如：让新人先从自己身边按顺时针方向开始敬酒，或是按从左到右、从右到左的顺序进行敬酒等。

◆ 传统的祝酒致辞顺序

　　婚宴上，新人给来宾敬酒、点烟、剥糖是一套不可或缺的流程。下表是所有传统的祝酒致辞顺序。

传统的祝酒致辞顺序

序号	祝酒致辞顺序	诠　释
1	向新郎祝酒	由伴郎或亲戚朋友提出
2	向新郎新娘祝酒	最近这种方法已演变成向新娘祝酒
3	新郎的回敬	这包括对新娘的祝福，对首先敬酒人的感谢，对双方父母的感激，以及向伴娘们祝酒
4	伴郎的回敬	伴郎代表伴娘们向新郎表示感谢（通常新娘会紧接着新郎的回敬，送出她自己的祝福，然后才是伴郎感谢伴娘们）
5	其他人	主婚人或密友送祝福
6	新娘父亲敬酒	代表新娘父母，感谢全体嘉宾光临，宣布喜宴开始

3. 注意婚宴现场的安全

在婚宴现场，婚庆公司应注意安全，以避免"蹭客"、盗窃。具体操作可参考以下方法，如下图所示。

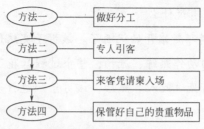

婚宴现场安全的管理方法

（1）做好分工。在婚宴开始前，婚庆公司应做好分工。如：客人接送、流程安排、现金支出、收受红包等，都要指定专人负责。一般来说，职责越细，则越不容易出乱子。

（2）专人引客。可在每张桌子上都写上座牌，由专人引导客人对号入座。

（3）来客凭请柬入场。来客凭请柬入场也是一种很好的"验明正身，防止不速之客"的方法。

（4）保管好自己的贵重物品。婚礼主办者、参加者都应该提高警惕，保管好自己的贵重物品。发现可疑分子或举止异常者，一定要及时问清身份，必要时可以报警求助。

以下提供范例作为参考。

 【范例1】

"蹭客"大吃大喝还拿走喜烟

2010年某天晚上，杨某到××大酒店参加朋友的婚宴。杨某去得比较迟，坐在了婚宴大厅边角处的一张酒桌。仪式快开始时，一个中年男子匆匆坐在杨某旁边的空位上，笑着对众人说："我来晚了，一会儿可要罚酒哦！"由于同桌没有认识的人，杨某只得陪笑。不一会儿，那人把烟拆开，酒也打开，然后点上烟猛吸起来，很快就吸了两支。

仪式结束后，那个男子招呼大家吃菜。一盘虾刚上桌，男子就抢着把转盘转到自己面前，然后大大咧咧地端起装虾的菜盘子，"呼啦"一下往面前的小碗里倾倒了小半盘。一会儿，一盘螃蟹上来了。只见他手脚麻利地拎走了一大块，三下五除二就把螃蟹吃得干干净净。"消灭"了第一块后，他意犹未尽地拎走第二块。看到他这副好像饿了三天的馋相，杨某和其他人面面相觑。但碍于情面，一桌人谁都没有说什么。

大约20分钟后，新郎新娘开始祝酒了。该男子突然伸长手臂，一把抓起转盘上的一包喜烟。他的动作熟练、流畅，整个过程只花了短短几秒钟时间。新娘新郎愕然，好像没有见过此人。然后，该男子一边打手机一边离席，之后就没有返回。

杨某后来问新娘新郎此事，才知道那名中年男子是来"蹭饭"的。

由上可见，由于管理不善，让一些人钻了空子，来"蹭饭"。幸好没有发生意外事故，不然又免不了一场纠纷。

【范例2】

女子混进婚宴"蹭手机"

2010年10月1日，刘某去参加一个好友的婚宴。有个打扮入时的年轻女子就坐在刘某的旁边。席间，该年轻女子以自己的手机没电为由，向刘某借手机一用。刘某并未多想，就把手机给了她。电话刚通，该女子称信号不好。随后，该女子边走边打电话，转过一个柱子后就不见了。十几分钟后，刘某觉得不对劲，急忙四处询问，才发现谁也不认识那名女子。这才知道上当受骗。

由上可见，对婚礼现场的管理是多么重要。

相关链接

◆ 婚礼中的小游戏

婚礼中的小游戏可以活跃现场气氛，因此婚庆公司需要对常见的一些小游戏有一定的了解。常见的小游戏如下表所示。

婚礼中的小游戏

类别	方式	具体操作	备注
祝福互动抽奖	方式一	来宾进场时，在新人提供的小卡片上写上祝福语，投入票箱，制作票箱可用一个纸盒子，上面挖一个小孔，在婚礼进行的过程中，由新人或新人的父母进行现场抽奖，抽中的宾客可以得到小礼物	抽奖环节可以多进行几轮，让来宾们都沾沾喜气

续表

类别	方式	具体操作	备　注
祝福互动抽奖	方式二	新人准备好喜字或是小玫瑰贴纸，在布置会场的时候让伴娘在每桌挑一个凳子贴上，每桌都会有一个幸运人选，在婚宴上给大家惊喜，会使现场气氛保持活跃	涉及保密性，只能让伴娘或是个别工作人员知情，需要提前准备与桌数相同的礼物
	方式三	提前将来宾的姓名输入到电脑里，用大屏幕滚动放映出来，新人喊停，操作人员就按动控制键，上面是谁的名字谁就中奖	需要有投影仪设备和懂技术的朋友，要投入更多的资金，代价有点高
友情表演	方式一	事先与新人的朋友亲戚中挑选唱歌较好的人，在婚礼上司仪让大家上台表演的时候，积极上台表演，带动现场嘉宾积极气氛	需要与其做好沟通，以免出现冷场
	方式二	有特长的小朋友表演节目，特别容易调动现场气氛	
互动问答	方式一	司仪或是新人现场提问，第一个打进电话的来宾回答问题，如果答对，则有小礼物，如果答错，那么继续打电话进来争取回答权	需要提前准备好题目，互动比较容易操作
	方式二	即兴问一些跟新娘新郎有关问题让宾客抢答，比如何时认识的，谁追的谁等等，第一个答对奖励精美小礼品	
幸运手捧花		用不同颜色、不同款式的丝带，大家一起拉手捧花，当然，只有一根是系在新娘手捧花上的，拉中的女生不仅能够拿到手捧花，而且可以得到新娘送出的礼物和祝福	

婚宴现场安排表

　　婚庆公司需要保证婚宴现场各项事情顺利进行，需要提前制作一份如下所示的婚宴现场安排表，仅供参考。

婚宴现场安排表

新人			婚庆公司	
时间		负责人	酒店	
地点			新人家属	
事项	具体内容		备注	
需要带到酒店的物品	（1）席位卡、签到本、签到笔、新人海报 （2）新人物品：礼服、中装、便装、鞋、戒指、拎包、所有首饰及配饰 （3）喜糖、喜烟、喜酒、香槟、饮料、彩带礼炮、小气球 （4）待发喜袋及红包		酒店一般都会提供婚房，但最好能再提供一间离餐厅近的更衣间，可将新娘礼服全部挂在更衣间，以方便换装	
检查酒店安排			内容自填：以酒店提供服务名录对照是否准备齐全	

检查婚庆布置	（1）主席台	内容自填：以婚庆公司提供服务名录对照是否准备齐全
	（2）场内	
	（3）花道	
	（4）拱门	
	（5）签到台	
	（6）香槟塔	
	（7）蛋糕桌	
	（8）主桌	
DJ 沟通	（1）婚礼进行曲	由司仪与 DJ 沟通
	（2）婚礼中背景音乐	
与服务人员沟通	（1）仪式前不要上冷菜	
	（2）上菜速度适中，不要过快过慢	
	（3）后场打点	

五、婚庆花艺

1. 婚礼花艺的要求

婚礼花艺应具备以下要求，如下表所示。

婚礼花艺的要求

序号	要求	诠　释
1	花大	具有两层含义：花朵的体量要大；花朵的开放度要大，即要选择处于盛花期的花朵
2	色艳	即花朵的色彩要艳丽、浓烈，能体现喜庆的气氛
3	新鲜	即离开母体时间较短，整体完好，损伤程度小
4	寓意好	即花本身的寓意要好，如：百合寓意百年好合；天堂鸟寓意比翼双飞；红掌寓意心心相印；月季寓意爱情；跳舞兰寓意欢快愉悦的心情等

2. 婚庆的常用花和叶

（1）婚庆的常用花。婚庆的常用花主要包括：百合、红掌、天堂鸟；跳舞兰、蝴蝶兰、剑兰、洋兰；非洲菊、月季、康乃馨、桔梗；满天星、情人草、勿忘我等。

（2）婚庆的常用叶。婚庆的常用叶主要包括：巴西木叶、针葵、散尾葵；剑叶、龟背叶、水芋叶；文竹、蓬莱松、天门冬等。

3. 婚车鲜花装饰

婚车鲜花装饰主要包括以下几个部分，如下表所示。

婚车鲜花的装饰方法

序号	部位	形　式	放置方法	要　求
1	车头	（1）常见的形式是用西方式插花风格来装饰，用较多的花叶组合成一个相对规则的图案，给人以大气、热烈、喜庆的感觉 （2）也有用东方式或现代自由式插花风格来装饰的，用较少的花叶组合成一个不规则的图案，给人以新颖、别致、浪漫的感觉	（1）用西方式插花风格来装饰的，置于前车盖中央位置 （2）用东方式或现代自由式插花风格来装饰的，置于车前盖的一左一右或一前一后	（1）牢固地吸附在车上，以免车速过快，花的造型受损 （2）控制高度，以不影响司机行车安全为标准，其高度一般在30cm之内 （3）花叶混用，体现自然美 （4）遮盖花泥、吸盘、包装纸、包装带等固定用材料，避免暴露固定用的附属材料
2	车顶	常见的形式以下垂的瀑布形造型为主	（1）主要装饰在副驾驶座位的车体外顶部 （2）也有装饰在车顶中央部位的	（1）同车头鲜花装饰要求基本一致 （2）插花的高度宜控制在20cm之内
3	车尾	（1）大多同车头鲜花装饰相同 （2）也有用单心或双心交叉图案装饰的	（1）大多装饰在后车盖的中部 （2）也有装饰在左部或右部或一前一后的	（1）同车头鲜花装饰的要求基本相同 （2）高度和款式不受严格限制，较为自由，但整体要协调、统一
4	车门	（1）普通的装饰以1～2朵月季、扶郎、康乃馨配以少许叶材花卉，用包装纸包装，扎上蝴蝶结，再用包装带、胶带纸将其固定在车门的把手上 （2）高档的装饰，则用红掌、百合、跳舞兰、蝴蝶兰等高档花配以少许叶材、满天星、情人草等配花，扎成小束花，再将其固定在车门把手上		
5	车体边缘	（1）用百合、红掌、月季、扶郎、康乃馨、洋兰等配以天门冬、文松，或点缀满天星、情人草、勿忘我等碎花，一朵一朵地用胶带纸或吸盘组成单体或串状，固定在车体边缘 （2）单体间的间隔距离以15～30cm不等，花朵小距离短，花朵大距离长		

4. 鲜花的摆放

　　鲜花在不同的位置，摆放的方式是不同的。婚庆公司在摆放鲜花时，可参考以下方法。

迎宾区鲜花的摆放不仅要有风格上的统一，还要有别出心裁的亮点

（1）迎宾区。迎宾区是婚礼带给来宾的第一印象。鲜花的摆放不仅要有风格上的统一，还要有别出心裁的亮点。盆形的、球形的、柱状的、玻璃的、藤艺的、庄重高雅的大型花艺、清新野趣的花艺小品，配合不同的场地条件，都可以达到不同的视觉效果。

提醒您

用鲜花来点缀结婚蛋糕，可以让蛋糕更加高雅、精致，与婚礼浑然一体。迎宾牌、签到台、引导道等每个小细节都不能忽视花艺的作用。

（2）仪式区。户外婚礼花艺装饰的色彩可以尽可能粉嫩、活泼、跳跃。室内的婚宴主舞台，可以运用冷色调或色调对比鲜明的花艺装饰。这样可以很好地融合室内的环境灯光，在表现高雅气质的同时具有视觉吸引力。

室内的婚宴主舞台，可以运用冷色调或色调对比鲜明的花艺装饰

提醒您

如果婚礼的主花为玫瑰，应将玫瑰花瓣散落在花道、仪式台等处。可采用花形类似但色彩缤纷的花材做搭配，或采用统一色彩而不同花形的花材来搭配。

（3）餐桌。餐桌的花艺要恰如其分地烘托现场气氛。应根据婚宴当地大厅的高度、所设酒席桌数、餐桌的大小，除了主花，可为每一位来宾的餐巾扣上用相同的花材点缀一支小花或叶片，可让婚礼更显精致。

◆ 花艺装扮婚宴餐桌的风格

精致漂亮的餐桌装饰往往决定了餐桌的美感，从而影响整个会场的氛围。婚庆公司在用花艺装扮婚宴餐桌时，可采用以下几种风格。

1. 清新自然

餐桌的清新风格不仅是夏季最流行的风潮，而且受国际化绿色风潮的影响，几乎在一年四季都会大受欢迎。绿色体现清新自然的感觉，一般选用黄色、绿色的鲜花进行表达。

（1）蓝色的飞燕草、银莲花和铁线莲，做出发散形的花束，能够呈现出自然的乡村风格，又透出浪漫的气息。

（2）马蹄莲、绣球花都很适合营造清新秀丽的风格。

（3）向日葵，能突出热情的感觉。

（4）适当多用些大型的叶子，视觉上会有清凉的感觉；同时配合"热带风情"之类的婚礼主题。

相关
链接

自然界中蓝色的花较少，其中绣球花花形和色彩最好，适合海洋主题婚礼。注意以下方法。

（1）餐桌花饰的高度不能太高，以免挡住客人们的视线妨碍交谈。

（2）与正方形或长方形餐桌相比，每张圆形餐桌用一个中央花饰布置就足够了。

（3）如果中央花饰的体积较大，那么餐桌的尺寸也需要按比例增加，以便为客人们提供足够的用餐空间。

（4）餐桌中央装饰除了运用花卉外，还可加入精美烛台、贝壳等元素，这样会令餐桌变得更加生动有趣。

相关链接

2. 甜美浪漫

近年来水果也成为婚宴餐桌上的宠儿。水果不仅有漂亮的外形，而且比较契合环保的流行趋势。把鲜花和水果结合起来做餐桌装饰，会非常别具一格。

（1）粉牡丹、青苹果的搭配，就是常见的组合。

（2）玫瑰和橙子、白百合和葡萄等，都是不错的搭配。

如果不使用水果，单纯的粉红、粉紫的鲜花，就算没有用任何的绿叶做衬托，也会给人繁花似锦的感觉，让人沉浸于粉粉的浪漫感觉。

具有强烈装饰效果的彩色玻璃蜡杯与鲜花搭配使用，外加亚麻质地的桌布，能为餐桌增添亮色，营造完美视觉效果。

（1）在夏季使用透明的直身花瓶，里面放上新鲜的橙子或苹果，就能够很好地调动味觉，也能够营造出不一样的感觉。

（2）将瓷器与高脚杯混搭使用，会令餐桌变得更富情趣。

除了鲜花，精致的丝带和水晶，颜色鲜艳且形状饱满的水果，如：苹果、葡萄、柠檬、樱桃等也是很好的装饰元素。

相关链接

3. 经典优雅

西式经典的餐桌布置任何时候都不落伍。白色、米色、蓝色是常见的基调。

（1）牡丹、茉莉、天竺蓝是非常高雅的花系，象征新娘的纯洁。

（2）春季的大花蕙兰、蝴蝶、郁金香也比较适合营造典雅精致的感觉。

这种风格的餐桌不用繁复的装饰，只需用低调、简洁的鲜花造型和优质的餐具，共同衬托出优雅高贵的整体气质。这样的餐桌适合主题隆重大气的婚宴，而且适合的场地范围也很广，一般不会和宴会厅的装饰起冲突。

尽量避免选择图案夸张、颜色混杂的瓷器和刀叉。一般盛放在白色餐盘里的菜肴更能激发宾客们的食欲。

（1）运用装满彩色溶液的酒杯协调餐桌花饰与桌布的颜色，并将美酒盛入晶莹剔透的高脚杯，营造出高贵典雅的格调。

（2）座位卡应放置在每个座位正前方最醒目的地方。

好的设计绝对不仅仅是鲜花，还有更多的外延：灯光、音响、布局、总体规划等。鲜花的作用只是为了衬托环境和气氛。

相关
链接

4. 传统温馨

中国人结婚离不开红色。这种传统的色彩如果用在餐桌布置上，可以进行改良设计。

（1）采用局部的红色，或选用有细节考究的高级桌布、椅套、餐巾等，以配合整体环境。

（2）金色也是有中国特色的色彩，很喜庆和华丽。

在与此配套的桌卡、餐巾花等小物的设计上，可以加入传统的图案，让传统的元素和现代的高级工艺相结合，做出有创意的新的中式风格。

传统中式常使用中式对娃、灯笼和富贵竹装饰，花材基本主色调都采用大红色系。

对正方形或长方形餐桌来说，可以将桌布直接平铺在餐桌上，令桌布四边垂下形成自然褶皱，为宾客们的双脚留出足够的活动空间。

比起将桌布平铺在桌面上的方式，错落重叠的正方形桌布能为餐桌带来层次感丰富的视觉效果。

需要切记的是在颜色搭配和桌布放置方面一定要深思熟虑，以免看上去过于繁复厚重。

（4）路引。婚庆公司在装饰路引时，暗场环境下，水晶路引或发光罗马柱路引的装饰，能营造出梦幻的视觉效果。

（5）个性花门。龙柳为顶端花材，向中心靠拢的个性花柱、垂挂精美花球和兰花链的唯美圆形轻纱花亭等都是如今的潮流。

（6）其他细节。其他细节也不容忽视，如：椅背花艺装饰、门把手花、交杯酒花、蛋糕刀、鲜花绒枕、餐巾花等。能让婚礼更显精致，提升婚礼品质。

5. 新娘捧花的设计

新娘手捧花可当场化为祝福，抛给来宾朋友，到此为婚礼的高潮；同时宣布婚礼到此礼成。

（1）新娘捧花的含义。花朵的优雅造型，诱人姿态，芬芳的扑鼻气息，都是对美丽幸福的最佳诠释。因此，在一场婚礼中，新娘捧花无疑是第一配角。而在户外婚礼中，婚礼捧花的地位则变得更为重要。花束组成分类及寓意如下表所示。

花束组成分类及寓意

序号	花束组成	寓　意
1	金黄色的法国郁金香、粉红的马蹄莲和毛茛、稀有的绿玫瑰；配花采用金粉色的金丝桃浆果以及紫丁香（也可以用情人草代替）	爱的告白
2	9支红色马蹄莲代表坚定不移的爱，加入金玫瑰、蓝色绣球花、黄色鸡冠花和藩红花；配花采用青苹果色的石蒜	爱的完美结合
3	18朵黄玫瑰（也可以换成白玫瑰）代表久久不变的爱情；配花采用金丝桃和杏的浆果，再用白色的紫罗兰点缀	对你的爱恒久不变
4	盆栽的朱顶红结成的花束，一般选用6支或9支	甜蜜的爱情

（2）新娘捧花的姿势。新娘捧花的姿势主要如下表所示。

新娘捧花的姿势

序号	姿势	诠　释
1	手花的正确握法	小指应与拇指同侧，将花整整夹住，如此就可以把花束固定住，不至于让其乱摇动
2	双手持手花	应该是抬头挺胸，双肩自然地垂下，双手持花置于腰骨的上方，这样能给人怡然舒适、自信稳重的感觉，如果将手花提高置于胸前，新娘的肩膀会提高，给人紧张的感觉
3	单手持花	证婚时，通常新郎是站在新娘的右侧，因此如果单手持花，应该以左手拿住手花，如果是使用俏皮可爱的球形手花，可以把它当成手提包一样提在左手上，或者挂在左手手腕上

（3）婚礼用花的选择。婚礼用花最关键的是花语、花形、花色的选择以及花材品种的正确使用，一般多以玫瑰、郁金香、百合、康乃馨等为主。婚礼不同用花的寓意也有区别，如下表所示。

婚礼不同用花的寓意

序号	花名	寓　意
1	玫瑰	结婚一般用红玫瑰，寓意真挚的感情，因为红玫瑰是表达爱情的专用花卉，所以它是结婚鲜花配伍中应用最广的一种
2	郁金香	结婚用花的好材料，常选用红、黄、紫、白几种颜色的郁金香，红色花意为爱的告白；黄色花意为爱的来临；紫色花意为爱的永恒；白色花意为爱的纯洁
3	百合	结婚用花中，百合被广泛使用，寓意"百年好合"或"百事合意"，我国种植百合历史悠久，被视为传统吉祥花卉
4	康乃馨	又名香石竹，其中大红和桃红的康乃馨是结婚用花销量最大的花卉品种之一，前者花意为"女性之爱"，后者花意为"不求代价的爱"，一般常用于新娘捧花、新郎胸花、婚礼花篮、花车、新房等
5	蝴蝶兰	花形似蝴蝶，芳姿艳质，艳压群葩，素有"兰中皇后"之称，是新娘捧花、头花、肩花、腕花、襟花的主要花材，花意为"我爱你，清秀脱俗，青春永驻"
6	陪衬花材	结婚用花的陪衬花材有满天星、一叶兰、常春藤、文竹、广东万年青、苏铁、花叶芋、天东草等，这些五彩的花材为新人们的婚事增添了温馨的氛围，以其自身丰富的寓意祝福新人们百年好合，白头偕老

相关
链接

◆ 新娘手捧花6个基本类型

1. 圆形

最大众化，也是较传统的款式。只要稍加调整，无论环肥燕瘦、高矮的新娘或与任何形式的礼服搭配都很匹配。

2. 三角形

有一个圆和一枝长花串、一个圆和三个花串所组成的两种基本构图。此款捧花的造型别具一格，只要依新娘的体型加以调整，任何体态和气质的新娘都适宜。

3. 弯月形

弯月形捧花传统中带有典雅的气息，极适于正式的盛大婚礼。造型可依新娘喜好做成直立或横式，基本上以身材高挑、纤细的新娘最能烘托出气势和气质。

4. 瀑布形

瀑布形捧花与下垂形相似，也是极具人气的款式。高挑、高贵型的新娘可选择华丽的款式，若再与有长裙摆的礼服搭配的话，将是完美的最佳组合了。身材娇小的新娘可采用高雅的兰花为主花，做成简约的风格。

5. 水滴形

基本构图为一半球形和三角形的组合，就像是水滴的形状。水滴形捧花十分讨喜，与圆形捧花相同，任何体型的新娘都很匹配。

6. 花束形

握式捧花散发着自然的乡野风，若善用缎带的装饰，将宛如千变女郎般让人惊艳。此款捧花也比较适于户外或别开生面的婚礼使用。

（4）新娘捧花与婚纱礼服的造型搭配。一般来说，花艺设计师一般要根据新娘婚纱的线条和颜色、新娘自身的体型及气质来确定手捧花的形状和花材。具体操作可参考以下方法。

如果是腰身紧缩、裙摆自腰部挑起的蓬松式婚纱，或是以富有流动感的裙摆线条为主
要特征的婚纱，捧花造型可以选用圆形捧花或近似于圆的水滴形捧花和心形捧花

婚纱如以"A"字形线条为主要
特征， 宜选用瀑布形捧花

若婚纱是曼妙曲线的鱼尾造型，且肩部和裙摆的
线条简洁明快，则宜选用自由式捧花

婚纱是以从腰部延伸到裙边的蓬松线条为主要特征的，
宜选用自然和田园野趣风格的捧花与之搭配

捧花与婚纱颜色要相互响应，以同色系为好；

多数新娘喜欢穿白色婚纱，白色婚纱可选择的捧花范围相对较大，捧花的选择应与新娘的气质相吻合，可起到画龙点睛的作用，如：

（1）想表现清纯味道，可以白百合或白玫瑰等花材为主花；

（2）想突出浪漫感觉，可选用紫色的洋桔梗、薰衣草等花材为主花

彩色婚纱与新娘捧花的搭配要点：

捧花的色彩要稍深于婚纱的颜色，这样给人以简洁和谐的印象；

华丽风格的婚纱或礼服需匹配高雅的捧花，更能彰显新娘的高贵气质和成熟魅力

提醒您

婚礼花饰中花童的花束要和新娘捧花相映成趣。

（1）新娘捧花为粉色瀑布式的设计，那么花童的花束可选用同色系、同花材的集束型小花束。花童花束也可以在新娘捧花的基础上稍加变化。

（2）新娘捧花为白色石斛兰的架构式捧花，那么金童可手持一款小小的架构式花束，玉女则可戴上石斛兰做成的花环。

第八章

业务合作

 与酒店合作

婚庆在与酒店合作时，可参考以下方法。

1. 签署合作协议（合同）

婚庆公司在与酒店合作时，应与酒店签署合作协议，并应让新人与酒店也签署合同。从而明确双方的责任，以免引起法律纠纷。

（1）婚庆公司与酒店的合作协议应包括以下内容。

1）双方名称。

2）合作内容。

3）双方的责任和义务。

4）费用的支付。

5）违约责任。

6）争议处理的方式。

7）协议的有效期。

8）协议到期。

9）协议更改事项。

10）协议生效。

以下提供范本作为参考。

【范本】

婚庆公司与酒店的合作协议

甲方：_____

乙方：_____

_____与_____先生经过友好协商，在相互信任、相互尊重和互惠互利的原则基础上，双方达成以下合作协议。

一、合作内容

1. 甲乙双方在符合双方共同利益的前提下，就企业管理咨询业务合作等问题，自愿结成战略合作伙伴关系。

2. 乙方为甲方提供业务资源，协助甲方促成业务与业绩，实现双方与客户方的多赢局面。

二、责任与义务

1. 乙方为甲方提供业务机会时，应严格保守甲方与客户方的商业秘密，不得因己方原因泄露甲方或客户方商业秘密，而使甲方商业信誉受到损害。

2. 甲方在接受乙方提供的业务机会时，应根据自身实力量力而行。确实无法实施或难度较大、难以把握时应开诚布公、坦诚相告并求得乙方的谅解或协助。不得在能力不及的情况下轻率承诺，从而使乙方客户关系受到损害。

三、费用支付

1. 乙方为甲方提供企业管理咨询业务机会并协助达成的，甲方应支付相应的信息资源费用。

2. 费用支付的额度视乙方在业务达成及实施过程中所起的作用而定。原则上按实际收费金额的一定百分比执行，按实际到账的阶段与金额支付，具体为每次到账后的____个工作日内支付。

四、违约责任

1. 合作双方在业务实施过程中，如因己方原因造成合作方、客户方商业信誉或客户关系受到损害的，受损方除可立即单方面解除合作关系外，还可提出一定数额的经济赔偿要求。同时，已经实现尚未结束的业务中应该支付的相关费用，受损方可不再支付，致损方则还应继续履行支付义务。

2. 甲方在支付信息资源费用时，如未按约定支付乙方款项的，每延迟一天增加应付金额的＿＿＿％，直至该笔金额的全额为止。

五、争议处理

1. 如发生争议，双方应积极协商解决。

2. 协商不成的，受损方可向仲裁委员会申请仲裁处理。

六、协议的有效期

1. 本协议有效期暂定一年，自双方代表（乙方为本人）签字之日起计算，即从＿＿＿年＿＿＿月＿＿＿日至＿＿＿年＿＿＿月＿＿＿日止。

2. 本协议到期后，甲方应付未付的信息资源费用，应继续按本协议支付。

七、协议到期事项

本协议到期后，双方均未提出终止协议要求的，视作均同意继续合作，本协议继续有效，可不另续约，有效期延长一年。

八、协议更改事项

1. 本协议在执行过程中，双方认为需要补充、变更的，可订立补充协议。

2. 补充协议具有同等法律效力。

3. 补充协议与本协议不一致的，以补充协议为准。

九、协议生效

1. 本协议经双方盖章后生效。

2. 本协议一式两份，甲乙双方各持一份，具有同等法律效力。

甲方（公章）：＿＿＿＿＿＿＿＿＿　　乙方（公章）：＿＿＿＿＿＿＿

代表签字：＿＿＿＿＿＿＿＿＿＿＿　　签字：＿＿＿＿＿＿＿＿＿＿＿

签约地点：＿＿＿＿＿＿＿＿＿＿＿

（2）酒店婚宴合同。一般来说，新人与酒店的婚宴合同应包括以下内容。

1）双方名称、地址、联系电话。

2）接洽人姓名。

3）婚宴庆典基础情况。

4）约定事项。

5）婚宴的总价款。

6）付款。

7）双方的责任、义务。

8）合同权力责任的转让。

9）违约责任。

10）争议解决方式。

11）合同的变更。

12）合同生效。

13）合同附件。

以下提供范本作为参考。

 【范本】

酒店婚宴合同

甲方（委托方）：_____ 乙方（婚宴酒店）：_____

新郎：_____ 接洽人：_____

新娘：_____

地址：_____ 地址：_____

联系电话：_____ 联系电话：_____

依据《中华人民共和国合同法》、《中华人民共和国消费者权益保护法》及有关法律法规和规章，遵照行业规范、社会道德标准诚信经营，结合本次婚宴庆典服务的详细情形，甲、乙单方在遵守同等、公正、诚信的准则基础上，经双方协商一致，签署以下合同。

第一条 婚宴庆典基础情况

1. 举办时间

____年____月____日____时____分。

2. 举行地点

____市____区____路____号____酒店____厅。

3. 婚宴

____桌，备用____桌。

4. 婚房

____室。

第二条 约定事项

各详细名目如下。

1. 菜肴。

2. 酒水、饮料。

3. 婚房。

4. 停车场。

5. 其他服务项目。

第三条 婚宴的总价款

1. 酒席价格：＿＿＿元。

2. 酒水饮料价格：＿＿＿元。

3. 婚房价钱：＿＿＿元。

4. 价款总计为人民币（大写）：＿＿＿＿＿元，（小写）：＿＿＿＿＿元。

第四条 付款

1. 本合同生效后，甲方向乙方缴纳定金，即人民币＿＿＿元（惯例一桌＿＿＿人定金＿＿＿元）。

2. 乙方实现所有服务项目后供给结算清单，甲方确认后付清余款即＿＿＿元。

第五条 乙方义务

乙方应严厉按照本合同的内容，依照双方约定的程序及要求，保险、有效、及时地完成各约定事项。

第六条 甲方义务

甲方应按时支付各约定事项的价款。

第七条 乙方如单方面没有违背合同，应按合同总价款的＿＿＿%即人民币＿＿＿元领取守约金。

第八条 乙方违背第五条的约定，甲方有权单方面解除合同，并请求乙方承担由此发生的违约责任；同时根据所造成的实际损失，要求乙方给予赔偿。

第九条 甲方违反第六条的约定，乙方有权单方面解除合同，并要求甲方承担由此产生的违约责任；同时根据所造成的实际损失，要求甲方给予赔偿。

第十条 若附件对违约条款及赔偿标准另有具体约定的，从其约定。

第十一条 不可抗力

在本合同有效期内，任何一方对不可抗力事件所直接造成的耽搁或不能履行合同任务不需承担责任。但双方应采用必要的办法以减少造成的损失。

第十二条　合同权力责任的转让

乙方如遇不可抗力事件，经甲方批准后，可将本合同中乙方的全体权利和义务转让给第三人。如该转让使甲方遭遇损失的，该实际损失应由乙方承担。

第十三条　争议解决方式

若产生争议，由双方协商解决；或向消费者权利维护委员会申请调解。

调停不成的，可通过下列方式（请选定的方法打"√"，空置内容请划去）：

□ 向仲裁机构（名称：＿＿＿）申请仲裁。

□ 向人民法院提起诉讼（甲方住址所在地）。

第十四条　合同的未尽事项及变更

1. 本合同如有未尽事宜，双方应通过书面补充协议，另行约定。

2. 本合同在履行进程中如需对本合同及附件内信息补充、删减或修正等变更事宜的，须经双方达成书面变更协议，代替其所修改的内容。

第十五条　合同的生效

1. 本合同自双方签字或盖章之日起生效。

2. 本合同一式＿＿＿份，存在同等法律效益。其中甲、乙双方各执＿＿＿份。

3. 本合同附件弥补协议，具备同等效力。

第十六条　合同附件

附件一：菜肴价格（一桌供＿＿＿人应用）约定

附件二：酒水、饮料价格商定

附件三：其他服务项目约定

附件四：婚房约定

附件五：泊车场约定

附件六：其余事项约定

合同附件上均应有甲乙双方的签名及具体签订日期。

新郎：＿＿＿＿＿＿＿＿＿　单位名称：＿＿＿＿＿＿＿＿＿

新娘：＿＿＿＿＿＿＿＿＿　法定代表人：＿＿＿＿＿＿＿＿＿

联系地址：＿＿＿＿＿＿＿　联系地址：＿＿＿＿＿＿＿＿＿

联系电话：＿＿＿＿＿＿＿　联系电话：＿＿＿＿＿＿＿＿＿

＿＿＿年＿＿＿月＿＿＿日　　＿＿＿年＿＿＿月＿＿＿日

2. 婚庆公司与酒店的沟通方法

一般来说，婚庆公司和酒店能够建立的最好关系是合作。即酒店在接待喜宴客户时可以向客户推荐婚庆公司，而婚庆公司也能够为新人提供酒店的信息。这是一种共赢的合作状态。婚庆公司与酒店合作的首要条件就是双方互相了解。具体操作可参考以下方法。

（1）了解酒店的服务配置。正常宴会是每桌配备2名服务员，这是大多数酒店的服务配置。

 提醒您

关于引领工作，酒店是有迎宾的。但是最主要的详细引领工作就必须是新人派出的"酒店总管"来负责，一般由熟悉新人亲友的有责任感的亲戚来担当总管。

（2）是否有突发情况的负责人。正规的酒店里，从业人员是训练有素的。一般来说，应先问当班经理，经理不在就找当班的主管，主管不在就找当班的领班。

（3）提前确认具体事宜落实情况。当在酒店举行婚礼前，需要与酒店相关负责人确定各项工作是否已经落实。为此，婚庆公司需要有专门的人员与酒店进行协作。

二、与婚车租赁合作

婚庆公司在与婚车租赁公司合作时，可参考以下方法。

1. 了解租车价格

婚庆公司在与婚车租赁公司合作时，应事先了解该公司的租车价格是否合理。在了解价格时，可参考以下方法，如下表所示。

婚车租赁价格

序号	婚车类型	举　例	价　　格
1	普通的B级车	如：君威、君越、帕萨特、奥迪A6L等	每天450～1000元左右

续表

序号	婚车类型	举　例	价　格
2	豪华品牌的 B 级车	如：宝马 5 系、奔驰 E 级车、凯迪拉克 SLS 等	每天 1000 ～ 2000 元左右
3	豪华品牌的 C 级车	如：宝马 7 系、奔驰 S 级、奥迪 A8 等	2000 ～ 3000 元左右
4	加长礼宾车	如：加长凯迪拉克、加长林肯等	日租金会随着加长的"排数"不同而增加：三、四排为 2500 ～ 3000 元；六排为 4000 元左右；七排为 6000 元
5	超级豪华车	如：劳斯莱斯幻影、宾利 Arnage、玛莎拉蒂总裁等	半天的租金就超过了 10000 元
6	跑车	如：保时捷 Boxter、奔驰 SLK、CLK、宝马 Z4、奥迪 TT	每天在 3000 元以上
7	MPV 和商用车	如：别克 GL8、35 座的金龙客车	每天 600 ～ 700 元左右

2. 与婚车租赁公司签署租赁合同

在确定好价格适合的婚车租赁公司后，应与之签署租赁合同，以明确双方的责任和义务，以免引起法律纠纷。一般来说，婚庆公司与婚车租赁公司签署的合同应包括以下内容。

（1）双方的名称、地址、联系方式等。

（2）租赁车辆的状况。

（3）租赁期限。

（4）费用的约定、租金的交纳。

（5）双方的责任和义务。

（6）违约责任。

（7）争议解决的方式。

（8）合同变更事项。

（9）其他事项。

（10）合同生效。

以下提供范本作为参考。

【范本】

一般车辆租赁合同（带司机）

出租方：_____

承租方：_____

一、租赁车辆的状况

出租方将车号为____的____型车辆带司机出租给承租方，车辆来源合法。

二、租赁期限和租金的交纳

1. 租车期限

为从____年____月____日____时起，至____年____月____日____时止。

2. 租金的交纳

（1）租金为人民币____元，付款日期为____年____月____日。

（2）如采用分期支付共分____期，每期____元，付款日为每月的____日。

三、司机工作时间、燃油费、停车和路桥费的约定

1. 司机每月工作天数为____天，每天工作时间为____小时，含____小时用餐时间。超时工作为每小时____元，在休息日加班为每小时____元，在节假日加班为每小时____元。

2. 燃油费

□ 租赁费中已包含每个工作日____公里的燃油费，超公里数承租方支付每公里____元。

□ 工作日的燃油费全部由承租方承担，不限公里数。

3. 停车费由____方承担。

4. 路桥费由____方承担。

四、出租方的权利和义务

1. 拥有租赁车辆的所有权。

2. 提供车辆应设备齐全，车辆状况良好，行驶证、第三者责任险（____万元以上）及相关证件齐全有效。

3. 有权拒绝承租方驾驶租赁车辆。

4. 承担租赁车辆于租赁期间引发的第三者责任，承租方驾驶租赁车辆引发

的除外。

5. 承担由于违法、违章肇事等行为所产生的全部责任和损失，承租方驾驶租赁车辆引发的除外。

6. 承担车辆租赁期间，若发生车辆被盗、报废或其他形式的灭失。

7. 其他的依照法律、法规的规定出租方应有权利。

8. 在下述任何一种情况发生时，出租方有权随时随地收回所租车辆，已收取的款项不予退回。

（1）承租方利用所租车辆从事违法犯罪活动。

（2）承租方将所租赁车辆转让、转租、出售、抵押、质押。

（3）承租方提供其他虚假情况有可能给出租方带来损失的。

（4）未经出租方书面许可连续拖欠应付款项超过____日。

（5）从事其他有损车辆所有者合法权益的活动。

有以上情况之一者给出租方造成经济损失的，承租方应作相应赔偿。

9. 对租赁期间车辆的损伤、质量问题承担维修义务，因违法、违章肇事等行为给承租方带来的各种经济损失，由此造成承租方的车辆停用损失每日赔偿____元，车辆正常保养除外。

10. 驾驶员的行为规范应符合承租方的相关规定。

五、承租方的权利和义务

1. 于租赁合同有效期内拥有所租赁车辆的支配权。

2. 按期如数交纳租金。

3. 车辆使用目的应严格遵守国家各项法律法规。

4. 承租方必须承担在租期内由于承租人自身原因给承租人自己造成的各种经济损失。

5. 承担向保险公司投保以租赁方为受益人的乘客险费用。

6. 在下述任何一种情况发生时，租赁方有权随时解除车辆租赁合同，不予赔偿：

（1）如果发现出租方的车辆来源不合法。

（2）如果发现出租方伪造各类车辆证件、交费凭证、单据。

（3）如果出租方驾驶员存在严重违反承租方规章制度的情况。

（4）如果出租方驾驶员存在严重的驾驶技术问题，多次造成交通事故的情况。

六、违约责任

1. 除重大政策性变化或不可抗拒的原因外，任何一方违反合同的约定致使合同不能全部履行的，均应向另一方支付合同未履行部分租赁金额总数＿＿％的违约金。

2. 承租方应根据合同约定按时向出租方缴纳租金，逾期按每天当期租金额的＿＿％缴纳滞纳金。

七、争议的解决

1. 有关本合同的一切争议，首先应友好协商解决。

2. 如协商解决不成，任何一方均可向人民法院提起诉讼。

八、合同生效

1. 合同自租赁双方签字盖章后即可生效。

2. 本合同一式两份，由出租方、承租方各执一份。

出租方：＿＿＿＿＿＿＿＿＿　　承租方：＿＿＿＿＿＿＿＿＿

电　话：＿＿＿＿＿＿＿＿＿　　电　话：＿＿＿＿＿＿＿＿＿

住　址：＿＿＿＿＿＿＿＿＿　　住　址：＿＿＿＿＿＿＿＿＿

　　　　　　　　　　　　　　法定代表（或授权代表）：＿＿＿＿

3. 与新人签署租赁合同

当新人要求婚庆公司提供婚车时，应与之签署租赁合同，以明确双方的责任和义务，以免引起法律纠纷。一般来说，婚庆公司与新人签署的合同应包括以下内容。

（1）双方的名称、地址、联系方式等。

（2）租赁车辆的状况。

（3）租赁期限。

（4）费用的约定、租金的交纳。

（5）双方的责任和义务。

（6）违约责任。

（7）争议解决的方式。

（8）合同变更事项。

（9）行车安排。

（10）其他事项。

（11）合同生效。

以下提供范本作为参考。

【范本】

婚车租赁合同

甲方（委托方）：_____　　乙方（婚庆单位）：_____

新郎：_____　　联系人：_____

新娘：_____

地址：_____　　地址：_____

联系电话：_____　　联系电话：_____

根据《中华人民共和国合同法》、《中华人民共和国消费者权益保护法》，为明确双方权利义务关系、经双方协商一致，在自愿、平等的基础上达成如下协议，共同遵守。

一、车辆租借

1.租车型号和价格

租车数量：_____。

车辆颜色：_____。

车辆型号：_____。

车辆牌号：_____。

租借价格：_____。

租费总额：_____。

2.使用里程计算

租费中限公里数为____公里；时间为____小时。

超公里、超时部分另行计算，每超1小时____元，每超1公里为____元。

3.用车时间

____年____月____日____时____分至____月____日____时____分。

4.用车地点

根据甲方要求在_____准时到达并计时开始。

5.乙方提供的婚车服务每车配司机1名，含带费用：

□ 汽油费　　□ 停车费　　□ 门票　　□ 汽车清洗费

□ 路桥费　　□ 司机餐费（打√选择）

二、行程安排

乙方根据甲方要求路线行使，行使路线如下：

以上行程路线若有变动，甲方应提前三天告知乙方。

乙方应当按照甲方要求的路线行使，若未经过甲方同意擅自改变行车路线的，造成里程超过本合同约定的，乙方无权要求甲方增加任何费用。

三、支付方式

合同签订当日，甲方向乙方支付＿＿＿＿＿＿作为订金，乙方需出具相应的收款凭证。

剩余款项＿＿＿＿＿＿在用完车辆后的当天，甲方一次性付清。乙方在收取全额费用后应开具统一发票交于甲方。

四、其他约定

1. 租用超长型车辆一律不进新村、弄堂，乘客需在约定的路口或弄堂口上车。

2. 路幅宽在5米以下的道路，超长车无法进入或是掉头的情况下，乘客需在就近路口上、下车。

五、违约责任

1. 如因甲方原因退车的。自用车当日起计算，一个月内退车扣除预付车款的＿＿％作为违约金；在三天以内退车，扣除甲方所付预付车款作为违约金。

2. 婚车在协议时间后1小时内到达协议规定地点，由乙方负责赔偿车款的＿＿％，超过一小时至两小时赔偿＿＿％，超过2小时则甲方可免付本次租赁费。

3. 凡乙方车辆因故障或特殊原因不能按原约定发车，需提前15天通知甲方换车，乙方将及时提供同级或同级别以上的车辆代替，如甲方要求退车，则全额退款。未能提前15天通知的，而婚车在婚庆活动当日未能到协议规定地点，乙方负责赔偿，赔偿方式为退一赔二，即返还业已向甲方收取的全部费用，并一次性赔偿本协议约定车价的2倍。

4. 租赁车辆在行驶期间发生故障不能继续使用的，本公司用同等级别（或高于该车级别）的车辆替代，由此而延误的时间自故障开始起一小时内退赔当天租费总额的____％，一小时后仍未换车退赔，并保证替代车辆供客户继续使用。

5.婚车若没有空调，退还全部车款。

六、合同纠纷解决方式

本合同在执行过程中发生纠纷，双方协商不成时，任何一方可向有管辖权的人民法院起诉。

七、未尽事宜与附加条款

1.本合同未尽事宜由甲乙双方协商确定，并形成书面协议作为本合同附件执行。

2.本合同附加条款如下。

（1）_____。

（2）_____。

（3）_____。

（4）_____。

八、合同生效

1.本合同一式两份，具有相同的法律效力。

2.本合同自双方签字、盖章后立即生效。

甲方（签章）：_____ 乙方（签章）：_____

新郎：_____ 婚庆单位：_____

新娘：_____ 法定代表人：_____

联系地址：_____ 联系地址：_____

联系电话：_____ 联系电话：_____

____年____月____日 ____年____月____日

三、与影楼合作

婚庆公司根据规模大小会有不同营运模式，规模较大的婚庆公司都会有专门的摄影部门，小的婚庆公司往往会选择与影楼合作，以节约成本。

1.合作方式

婚庆公司与影楼合作主要采用的方式如下表所示。

与影楼合作方式

序号	方法	具体内容	备注
1	影楼附属方	制作一个影楼专用报价表，写上婚庆公司给影楼的最低折扣价，影楼与客户开价	比较省心
2	影楼合作方	影楼把婚庆公司推荐给客户，价格由婚庆公司去谈，谈下来的价格直接按百分比提成给影楼	合作关系比较融洽
3	优惠券	制作优惠券，用影楼的券在婚庆公司消费，直接抵现金若干；拿婚庆公司优惠券去拍婚纱可以优惠	

2. 签署合作协议

当婚庆公司与影楼合作时，应与之签署合作协议，以明确双方的责任和义务，以免引起法律纠纷。一般来说，婚庆公司与影楼签署的协议应包括以下内容。

（1）双方的名称、地址、联系方式等。

（2）合作内容。

（3）费用支付方式、期限。

（4）双方的责任和义务。

（5）违约责任。

（6）争议解决的方式。

（7）合同变更事项。

（8）其他事项。

（9）合同生效。

以下提供范本作为参考。

【范本】

婚庆公司与影楼合作协议

甲方：＿＿＿＿＿＿＿＿＿＿＿＿＿＿＿

乙方：＿＿＿＿＿＿＿＿＿＿＿＿＿＿＿

根据《中华人民共和国合同法》等法律、法规的相关规定，双方在自愿、平等、诚实信用的基础上就婚礼服务有关事宜，达成如下合作协议。

一、合作内容

1. 主要内容

乙方负责为甲方提供影像拍摄及后期制作服务。

2. 其他内容

彩排花絮、成长相册MV、音乐爱情故事、婚纱全记录、开场视频及个性视频。

二、费用支付方式、期限

1. 按月结算：每月＿＿＿日至次月＿＿＿日统计对账单。

2. 次月＿＿＿日至＿＿＿日甲方将核对无误的服务费支付给乙方。

3. 付费方式为现金支付或网络转账。

4. 报价均不含税，如需发票另加8%的税金。

三、甲方的权利或义务

1. 甲方享有乙方制作、交付的摄影、摄像作品的著作权。

2. 甲方在确认业务后需第一时间告知乙方确认服务，并注明相关要求及注意事项。

3. 由于甲方原因，造成订单不能按照服务要求履行的，责任由甲方承担，并应当支付乙方已经实际支出的费用。

4. 甲方需全力配合乙方工作的良好执行。

5. 甲方享有在交付作品后＿＿＿日内，要求乙方免费为其修片一次的权利。

四、乙方的权利或义务

1. 乙方必须按照所销售的服务等级提供相应水准的服务人员与产品。

2. 乙方工作人员需配合维护甲方的业务执行和形象，不得在婚宴现场发名片、留电话、私要红包。

3. 乙方不得随意传播展示曾为甲方制作的影像资料。

4. 乙方在执行任务时，发现甲方其他协调有疏漏时有义务告知甲方。

5. 在乙方服务期间可能知晓甲方公司的技术信息（包括：策划方案及设计）、商业信息（客户名单、拍摄资料）等，有为甲方保密的义务。

五、其他费用及赔偿相关条约

1. 若甲方已确认的订单未执行状态时要求取消订单，需向乙方支付摄像师劳务费作为损失补偿。

2. 若乙方拍摄或设备出现故障（严重马赛克、黑屏、无声音、影像丢失等），对甲方造成的损失及甲方对新人的赔偿由乙方承担。

3. 外地拍摄业务需要在原有服务基础上加收30%费用，具体视情况而定。

4. 若首达时间及地点在____环外或早____点前，需要甲方负责报销乙方工作人员的单程打车费用。

5. 由于甲方原因，给乙方或者第三方造成人身、财产损失的，由甲方承担损害赔偿责任。

6. 由于乙方原因，给甲方或者第三方造成人身、财产损失的，由乙方承担损害赔偿责任。

7. 乙方每次拍摄工作时间为____个小时，超出部分每机位____元/小时。

六、合同的解除

1. 经甲、乙双方协商一致，可以解除合同。

2. 乙方有下列情形之一的，甲方有权单方解除合同，并要求乙方赔偿损失，同时退还已经收取甲方的费用。

（1）乙方明确表示或以自己的行为表明不提供全部或者部分服务的。

（2）乙方未经甲方同意，擅自改变服务内容、降低服务标准或者增加服务费用，经甲方催告后仍未改正的。

七、不可抗力的发生

1. 因不可抗力的发生，致使合同无法继续履行的，合同终止，甲乙双方互不承担违约责任。已履行的部分所发生的直接费用，由相对方支付；合同能够继续履行的，经双方协商一致，可以接续履行。

2. 因一方迟延履行或者不适当履行合同后，发生不可抗力，致使合同无法继续履行的，迟延履行或者不适当履行的一方应当承担相对方所发生的直接费用。

八、合同争议的解决办法

因本合同发生的争议，由双方协商解决，协商不成的，可选择以下方式解决。

（1）向_____仲裁委员会申请仲裁。

（2）向_____人民法院提起诉讼。

九、其他约定事项

1. 本合同经双方签字、盖章后生效，双方对合同内容的变更或补充应采取书面形式，作为本合同的附件。

2. 附件与本合同具有同等的法律效力。

十、本合同有效期

为____年____月____日至____年____月____日。

甲方（签章）：_____　　乙方（签章）：_____

委托代理人：_____　　委托代理人：_____

营业执照号码：_____　　营业执照号码：_____

电话：_____　　电话：_____

合同签订地：_____　　合同签订地：_____

____年____月____日　　____年____月____日

四、与花店合作

有些婚庆公司会配备自己的人手做花艺，但这样的花艺比较大众化。大多数婚庆公司会把这项业务交给花店做。这样做可以节省人力、财力。婚庆公司在与花店合作时，可参考以下方法。

1.合作方式

一般来说，在谈婚庆用花业务时，花店的花艺师会以首席花艺师的身份直接同婚庆公司接触，然后花艺师会出一份花艺设计给婚庆公司，最后再由婚庆公司拿出整体的婚庆策划方案给自己的客户。

提醒您

在做比较大众化的婚礼时，可使用公司的花艺师；而在做高端婚礼设计时，可与一家花艺实力不俗的花店合作。

2.合作注意事项

在与花店合作时，婚庆公司应注意以下事项，如下图所示。

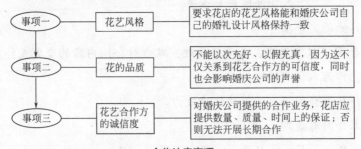

合作注意事项

3. 签署合作协议

当婚庆公司与花店合作时，应与之签署合作协议，以明确双方的责任和义务，以免引起法律纠纷。一般来说，婚庆公司与花店签署的协议应包括以下内容。

（1）双方的名称、地址、联系方式等。

（2）服务内容。

（3）违约责任。

（4）合同生效。

以下提供范本作为参考。

 【范本】

婚庆公司与花店合作协议

甲方（委托方）：_____　乙方（花店）：_____

地址：_____　　　地址：_____

联系方式：_____　联系方式：_____

根据《中华人民共和国合同法》《中华人民共和国消费者权益保护法》，为明确双方的权利义务关系，经双方协商一致，在自愿、平等的基础上达成以下协议，共同遵守。

一、委托情况

甲方委托乙方于____年____月____日在____提供鲜花服务。

二、服务内容

1._____。

2._____。

3._____。

4._____

三、违约责任

1. 任何一方对不可抗拒力事件所直接造成的延误或不能履行合同义务不需承担责任（但必须出示有效证明），该方也应该采取必要的措施以减少造成的损失。

2. 在合同有效期内，其中一方如单方面无故终止本合同，所直接造成的延误或不能履行合同义务，给对方造成损失，该实际损失由解约方承担。

3. 甲乙双方其中一方违反双方义务的约定, 对方有权单方面解除合同, 并要求违约方承担由此产生的违约责任, 赔偿所造成的实际损失。

4. 若附件对双方义务及违约条款及赔偿标准另有具体约定的, 从其约定。

四、合同生效

1. 本合同一共三页, 本正本一式两份, 具有相同的法律效力。

2. 本合同经双方签字、盖章后立即生效。

甲方（签字）：_____ 乙方（签字）：_____

盖章 盖章

____年____月____日 ____年____月____日

五、与电器公司合作

当婚庆的经营规模比较小时, 可与电器公司合作, 可采用租赁器材的形式与其合作, 并与之签署合作协议, 以明确彼此的责任和义务, 避免法律纠纷。一般来说, 婚庆公司与电器公司签署的合作协议应包括以下内容。

（1）双方的名称、地址、联系方式等。

（2）需要租赁的设备。

（3）租用时间。

（4）租用地点。

（5）设备租金及相关费用和预付款。

（6）双方责任。

（7）违约条款。

（8）协议生效。

（9）其他事项。

以下提供范本作为参考。

【范本】

婚庆公司与电器公司设备租赁协议

承租方：_____（以下简称甲方）

租赁方：＿＿＿＿＿＿＿＿＿＿＿＿＿＿婚庆公司（以下简称乙方）

经甲、乙双方友好协商，乙方受甲方委托，提供各项服务事宜如下。

一、租赁设备

1. 如所需设备较多，乙方所列设备清单为合同的有效附件。

2. 电源、场地等请甲方准备。

二、租用时间

自＿＿年＿＿月＿＿日＿＿时至＿＿年＿＿月＿＿日＿＿时止。

三、租用地点

1. 乙方按甲方的要求于＿＿年＿＿月＿＿日＿＿时，将上述所租设备由甲方派车拉到指定的地点，并协助乙方在安装调试完毕后，甲方投入使用。

2. 在甲方使用设备过程中，根据甲方要求，乙方可增派工程师到现场进行技术指导。

四、设备租金及相关费用和预付款

1. 设备租赁费不包含人员服务费、安装调试费、拆装搬运费、材料费。

2. 此次租赁设备费用为：＿＿元，耗材费＿＿，运输费用为＿＿元，其他费用＿＿元，共计＿＿元。

3. 甲乙双方签订协议后，甲方以现金（不含税）向乙方支付除材料费的总费用＿＿%作为订金，即为＿＿元，耗材费＿＿元提前付清。

4. 甲方在设备使用完毕当日，一次性向乙方付清其余费用共计＿＿元。费用最后一次拨付＿＿元。

五、责任、违约条款

1. 双方在签订合同后，如甲方退订，乙方扣留预付款的＿＿%，作为甲方违约金。

2. 如遇甲方人为原因使活动不能举行或中途中断，甲方仍需向乙方支付全额租赁费用。

3. 如演出进程中因停电或其他不可抗拒因素（指户外活动期间下雨、大风、地震等自然因素）导致活动不能进行且设备延时拆除的，乙方无责，但租赁费仍按延长天数加收。

4. 乙方保证向甲方提供协议内容中的各项专业演出设备，保证活动过程顺畅、效果理想。

5. 设备的保管和使用由甲方负责，如因甲方管理疏忽造成某些设备损坏、丢失等情况，甲方需照价赔偿给乙方。

6. 乙方按协议要求派技术人员＿＿＿名提前＿＿＿天到甲方指定地点安装调试，吃住费用由甲方承担。

7. 如有未尽事宜，双方需另拟书面协议或依有关法规办理。如发生双方不能协商解决的，将依照中华人民共和国有关法律，通过有关机构解决。此书面协议可作为参考依据。

六、协议生效

本协议一式＿＿＿份，甲乙双方各持一份，经双方签字盖章后，即时生效。

七、其他事项

1. 有线话筒、无线话筒（包括手持式、头戴式、领夹式），甲方在使用期间需轻拿轻放，爱护使用，不得用力拍打话筒音头或大力对话筒喊叫或者对着话筒吹气，不得拉扯头戴或领夹话筒与发射机之间的连线。使用者必须关掉手机，使用过程中如甲方人员有上述行为，乙方有权利停止该设备的使用。

2. 因甲方人员的上述行为造成话筒等相关设备损坏（话筒受损是指：话筒摔落在地的，使话筒外观和内部受损的，饮料饭菜弄脏的情况出现），乙方有权要求甲方负责人照市价赔偿器材。

3. 在租赁的使用过程当中，甲方务必爱护设备，小心使用，切勿野蛮操作，粗鲁对待；更不可私自拆卸。

4. 在演出过程中，由于甲方没有足够的人力、警力保护演出现场造成的设备丢失、损坏、线路踩断或者短路起火、伤及人身安全、演出终止等重大事故，乙方不承担任何责任。

承租方：＿＿＿＿＿＿＿＿＿　　　租赁方：＿＿＿＿＿＿＿＿＿

联系人：＿＿＿＿＿＿＿＿＿　　　联系人：＿＿＿＿＿＿＿＿＿

电话：＿＿＿＿＿＿＿＿＿　　　　电话：＿＿＿＿＿＿＿＿＿

传真：＿＿＿＿＿＿＿＿＿　　　　传真：＿＿＿＿＿＿＿＿＿

地址：＿＿＿＿＿＿＿＿＿　　　　地址：＿＿＿＿＿＿＿＿＿

电子信箱：＿＿＿＿＿＿＿＿＿　　电子信箱：＿＿＿＿＿＿＿＿＿

网址：＿＿＿＿＿＿＿＿＿　　　　网址：＿＿＿＿＿＿＿＿＿

＿＿＿年＿＿＿月＿＿＿日　　　　＿＿＿年＿＿＿月＿＿＿日

六、与知名司仪合作

当婚庆公司的经营规模比较小时，可与知名司仪合作，并与之签署合作协议，以明确彼此的责任和义务，避免法律纠纷。

一般来说，婚庆公司与知名司仪签署的合作协议应包括以下内容。

（1）双方的名称、地址、联系方式等。

（2）合作方式。

（3）服务标准。

（4）服务内容。

（5）付款方式。

（6）双方责任。

（7）违约条款。

（8）协议生效。

（9）其他事项。

以下提供范本作为参考。

 【范本】

婚庆公司与知名司仪合作协议

甲方：_____

乙方：_____

由于行业特殊性，××婚庆公司_____年就主持业务与乙方签订以下合同。

根据《中华人民共和国合同法》、《中华人民共和国消费者权益保护法》，为明确双方权利义务关系，经双方协商一致，在自愿、平等的基础上达成一下协议，共同遵守。

一、合作方式

甲方全年主持业务与乙方合作，乙方优先满足甲方业务。好的婚期有预定需求的业务应该先告知甲方。

甲方会根据新人要求安排合适主持人，每月尽量不低于3场。

二、服务标准

乙方提供主持服务，在甲方承办的婚礼时，提供新人仪式司仪的服务。

三、服务内容

彩排、见面沟通、音乐制作、流程安排。

四、付款方式

婚礼结束后现场付款，视情况付款。

五、其他约定

1. 因甲方原因取消主持（除新人退单）甲方应赔偿乙方的经济损失定金____元。因乙方见面后，新人不满意，甲方可取消订单。

2. 乙方必须在____点之前到达婚礼现场，彩排灯光和仪式流程。

3. 私自吃婚宴、私自要红包，扣____元。

4. 不得在婚宴现场发自己的名片、留自己的电话。发现扣____元。

5. 婚礼现场司仪说错新人名字、说错重要来宾名字、如因主持原因导致婚庆公司尾款扣除，乙方也相应地赔偿甲方扣除的金额。

6. 乙方在见面沟通不得迟到。迟到超过____分钟，甲方可以停止订单，另找司仪。如有事情迟到，可提前电话沟通，婚庆公司可以安排新人做其他事情。

7. 仪式开场只能说××婚庆公司司仪 ××；婚礼仪式结束后，代表××婚庆公司全体工作人员做结束语。

8. 婚庆公司订单、资源属于婚庆公司的，乙方不得索要新人QQ号、留名片；沟通后，新人的仪式问题统一由××婚庆公司转达安排协商，望理解。

六、协议生效

1. 本协议一式____份，双方各持一份。

2. 没有本协议者不确保质量，也不负任何法律责任。双方签名后方可生效。

七、争议解决

1. 如因婚庆发生争议，以本协议为依据进行调解。

2. 如调解未果，可以以本协议为依据向当地仲裁或司法部门申请调解。

甲方：_____　　乙方：_____

联系方式：_____　　身份证号：_____

地址：_____　　地址：_____

____年___月___日　　____年___月___日

◆ 预备婚庆司仪

婚庆司仪即是婚礼现场的主持人，其水平的高低直接影响到整个婚礼的成功，因此婚庆公司在选择司仪时，需要明确司仪的要求，一般而言，好的司仪不一定要长得很漂亮，可是声音一定要有足够的吸引力。男司仪的声音要浑厚而有张力，女司仪的声音要温柔而有磁性。

一家婚庆公司的司仪可以分为专职和兼职，兼职的司仪主要是在专职司仪不够的时候聘请的。当然，婚庆公司最好有长期的兼职人员，可以随时备用。比如遇到临时专职司仪不够的时候，兼职人员可以在第一时间予以重任。所以，公司应该与兼职人员保持联系，以防临时找不到人，影响公司业务。

◆ 不同级别司仪的收费

不同级别的司仪收费是不一样的，婚庆公司需要与不同的司仪人员建立合作关系，以方便顾客根据自身情况进行选择。婚庆公司一般会给客户推荐司仪，具体收费标准如下表所示。

不同级别司仪的收费

类　别	等　级	收费标准	备　注
专职	高级	2000	收费标准仅供参考，具体收费标准需要根据当地实际情况进行调整
专职	中级	1500	
专职	一般	1000	
兼职	高级	1500	
兼职	中级	1000	
兼职	一般	600	

七、与旅行社合作

婚庆公司应与旅行社合作，如今到国外举办婚礼或度蜜月成为都市年轻一族结婚"新时尚"，市场需求日趋旺盛，前景十分广阔。

现在许多新人已选择将办酒席的花销用于蜜月旅行，因此婚庆公司需要将旅行社的蜜月旅行巧妙地融入婚庆公司提供的婚庆一条龙服务中，线路设计及风格处理上均着意以"浪漫"、"个性"捕捉新人内心的感觉。

1. 挑选合作旅行社

婚庆公司在挑选合作的旅行社时，需要选择资质信誉均较好的进行合作，因为若推荐的旅行社不好，也会影响到婚庆公司的声誉。

（1）我国旅行社主要分为国际旅行社与国内旅行社。应验证该旅行社是否具备《旅行社经营许可证》和工商局颁发的营业执照等。

（2）挑选的旅行社需要保证服务质量与价格并重，最好是根据新人情况推荐适合的旅行社。

2. 与旅行社合作

婚庆公司与旅行社合作，主要是为新人提供更为优质全面的服务，新人一般没有精力去与旅行社详谈，需要婚庆公司安排具体事宜，这时婚庆公司就需要对具体的事项与旅行社进行沟通，主要包括以下内容。

（1）行程安排是否合理，最好是将行程安排让新人亲自查看，对不满意的地方事先进行修改，最终达成一个协议。

（2）明确费用内容和质量，最好是给新人选择全程全包形式的费用，让新人全身心放松地旅行，不用为其他杂事而影响心情。

与保险公司合作

婚庆公司应与保险公司合作，签订婚庆责任险；同时应建议新人和保险公司签订婚宴责任险。目前是否购买婚庆责任保险已经成为很多新人衡量婚庆公司服务水准的重要方面；同时不少婚庆公司也以此作为品牌宣传的手段。

1. 婚庆责任险的内容

婚庆责任险主要是针对婚礼中的一些意外事件进行理赔，新人可以直接从保险公司获得约定的理赔金。其主要包括以下内容。

（1）婚车迟到。

（2）司仪迟到。

（3）化妆品导致新娘过敏。

（4）婚礼照片出错。

（5）人身意外伤害等发生时。

2. 保险费率

婚庆责任险的保险费率在3%左右。如：婚庆服务的费用是3000元，那么婚庆公司只需要付90元就可以为整个婚庆过程买保险。而婚宴责任险的费用也不过是上百元。

【范例】

参加婚庆责任险　婚庆公司免损失

2010年中秋节，××婚庆公司为一对新人举办婚礼仪式。在接新娘去酒店的途中，遇一醉酒男士开车奔过来，撞上了其中一辆花车。造成了一人重伤。

由于该婚庆公司与保险公司签订了责任险，该婚庆公司避免了损失。因为保险公司对此进行了赔偿人民币9876元。该醉酒男士被告上法庭，法院判该男士赔偿受伤人员7980元。该婚庆公司将赔偿的钱，一起交给了该受伤人员。既维护了客户的利益，也保持了婚庆公司良好的企业形象。

第三阶段
加盟

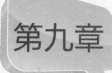

品牌加盟

 加盟流程

婚庆公司在加盟品牌时，可按照以下步骤进行，如下图所示。

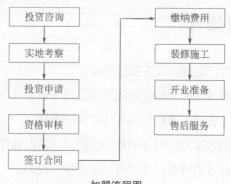

加盟流程图

1. 投资咨询

婚庆公司应以电话、传真、网上留言等方式向总部咨询投资事项，索取有关资料。

2. 实地考察

婚庆公司到总部所在地进行实地项目考察，并与总部工作人员进行业务交流。

3. 投资申请

填写投资申请表，确认投资意向。

4. 资格审核

总部对婚庆公司提供的各项资料进行审核，确认婚庆公司的投资资格。

5. 签订合同

双方确认考察结果无争议，正式签订经销合同。

6. 缴纳费用

婚庆公司按所选择的投资类型向总部缴纳相应的投资费用。

7. 装修施工

店面按照总部提供的专卖店统一设计方案进行装修。

8. 开业准备

领取开业赠品、营销指导手册等资料，进行相应培训，物流配送完毕，准备开业。

9. 售后服务

连锁店开业后，总部定期向经销商提供各婚庆素材，并不定期对各地连锁店进行经营指导。

加盟条件

婚庆公司在加盟时，应具备以下加盟条件。

（1）具有独立民事责任行为的企业组织或公民个体。

（2）热衷于婚庆（庆典）事业的拓展与文化的传播。

（3）拥有一定的资金实力和良好的商业信用、认真务实的工作态度。

（4）有相关的商业经营经验，或拥有一定的学习能力。

（5）认可总部的经营理念和全国一致的经营管理模式。

（6）服从总部统一的品牌管理。

（7）能够维护总部及其他分公司（加盟店）的良好声誉和形象。

签署加盟合同

加盟合同是在本着双方互利互惠、共同发展的原则下，明确双方权利和义务的合作细则。在加盟商提出申请并获总部批准后，签订连锁加盟经营合同书，分公司（加盟商）需一次性向总部交纳相应的品牌加盟技术培训费、品牌保证金。总部将及时签发连锁经营授权书和授权牌。一般来说，首次签约加盟合同有效期为三年。

婚庆公司签订的加盟合同一般包括以下内容。

（1）双方的名称、地址等。

（2）合作宗旨。

（3）合作范围。

（4）合作方式、条件。

（5）双方的权利、义务。

（6）其他事项。

（7）合同生效。

以下提供范本作为参考。

【范本1】

婚庆加盟协议

签订地点：＿＿＿＿＿＿＿＿＿

签订日期：＿＿＿＿＿＿＿＿＿

甲方：＿＿＿＿＿＿＿＿婚庆公司

乙方：＿＿＿＿＿＿＿＿＿＿＿＿

本着友好合作、互惠互利、共同发展的原则，经甲、乙双方友好协商，现就婚庆加盟经营的有关事宜，依照《合同法》相关条约，达成如下协议。

一、合作内容

1. 甲方一次性向乙方收取加盟费用，乙方每年向甲方缴纳加盟管理费用。

2. 乙方只能在甲方授权的城市开展经营活动，如在同一城市再开新店必须征得甲方许可。

3. 乙方必须自觉维护甲方企业的统一形象，包括企业中英文名称、标志标示、经营理念、企业文化和外在形象等。

4. 乙方在经营中不得以任何形式，做出有损甲方企业形象和品牌利益的行为。

5. 乙方不拥有××婚庆加盟任何自主知识产权，××婚庆加盟品牌所有权始终归甲方所有。

6. 乙方缴纳加盟费用后，甲方向其提供品牌使用权、技术指导、信息沟通和业务培训，其中由技术指导、信息沟通和业务培训所衍生出的费用由乙方承担。

7. 乙方每年可两次组织员工来甲方学习业务知识，甲方提供专业人员对学员进行培训指导。

8. 甲方在乙方筹划阶段将指派专业人员一到两次前往加盟城市对乙方的选址、店堂装饰、业务范围、道具、产品、人员培训、规模和管理提出实施和指导意见。

9. 甲方每年将指派专业人员＿＿＿＿次前往乙方加盟店，实地考察和开展培训指导。费用由加盟店自理。

10. 甲方将在第一时间告知乙方关于全国婚庆行业的最新发展动态和趋势。

11. 甲方将对乙方在道具和产品研发上提供技术支持，在实际操作过程中如遇到问题和困难，乙方可以随时向甲方寻求咨询和帮助。

12. 甲方将通过互联网络、媒体、单页等平台给予乙方相应的宣传支持。

13. 乙方有义务参与并配合甲方所进行的全省全国性的营销宣传。

二、合作时间

1. ＿＿＿＿年＿＿＿＿月＿＿＿＿日至＿＿＿＿年＿＿＿＿月＿＿＿＿日止。

2. 合同到期前＿＿＿＿个月，双方须签订新的合作协议；否则双方无条件退出合作。

三、付款方式

签订本协议之日，乙方一次性向甲方缴纳加盟费＿＿＿＿元，另缴纳年度管理费＿＿＿＿元。后续年度管理费乙方须在每年的＿＿＿＿月＿＿＿＿日之前一次性付清。

四、违约责任

1. 乙方须服从甲方的统一管理，承担因乙方经营不善所造成的客诉损失，在影响甲方品牌声誉的情况下，甲方可先行赔付客户损失并消除不良影响，由此造成的损失和费用由乙方承担。

2. 本合同有效期内乙方未能按时支付约定的合作费用，经催缴仍未能按时支付的，甲方有权提前解除本合约。乙方拖欠款项仍须支付给甲方，并承担拖欠款项总额每月＿＿＿＿%的滞纳金。

3. 乙方在经营中造成有损于甲方品牌及形象的行为，一经查实，甲方视情节轻重给予处罚直至解除本合约。

4. 甲乙双方不具备履约能力时，须提前＿＿＿个月通知对方；否则须赔偿对方相应的损失。

五、纠纷处理

1. 关于本合同及合同附件所产生的一切争议，由双方协商解决。

2. 协商不成，双方应提请本合同签订地法院诉讼解决。

六、合同生效

1. 本合同一式＿＿＿份，甲乙双方各执＿＿＿份。

2. 本合同自签订之日起生效。

3. 本合同未尽事宜，由双方友好协商解决。

4. 本合同的附件与本合同具有同等法律效力。

甲方：＿＿＿＿＿＿＿＿＿＿　　乙方：＿＿＿＿＿＿＿＿＿＿

代表：＿＿＿＿＿＿＿＿＿＿　　代表：＿＿＿＿＿＿＿＿＿＿

【范本2】

婚庆加盟合同

甲方：

乙方：

甲乙双方本着相互协作、信任的原则，就乙方使用由甲方自主开发和完善成型的××婚庆网络连锁系统、品牌形象，双方发展婚庆用品连锁零售事业特签订本合同。

为此，双方经协商订立下列合同条款。

第一条　总则

1. 本合同确认双方为：甲为××婚庆公司，乙方为各加盟店。

2. 乙方必须遵守甲方统一的管理服务规定，除本合同约定的事项之外，甲方不参与乙方经营中的具体事务管理。

3. 甲方与乙方加盟店的关系彼此为相对独立的经济实体。乙方需自主经营、自主管理、独立核算、自负盈亏，独立依法纳税。

4. 在乙方确认和遵守甲方统一的"公司标志"和"公司形象"及统一运作管理模式的前提下，乙方自愿加盟××婚庆公司连锁店开展经营活动；甲方以此为条件给予乙方特许经营资格。

5. 甲方承诺本合同执行期间，乙方加盟店可以使用甲方的公司商标、服务标准及有关的标志、标签和招牌等甲方统一的"公司标志"和"公司形象"及婚庆用品店统一运作管理模式。

第二条　本合同使用的有关文字定义

1. "公司标志"，指带有"××婚庆公司"统一标志的公司店面形象和服务标志等全部营业特征。

2. "公司形象"，指甲方成立以来运用××婚庆公司的经营技术资产，取得的被社会广泛认知的商誉及信誉，及由此而取得社会共识的甲方具备的企业品牌。

第三条　乙方特许资格的确认

1. 乙方是遵守国家有关法律和法规的企业法人或自然人。

2. 乙方须具备符合婚庆行业资格准入的条件。

3. 乙方承诺遵守和维护甲方的"公司标志"和"公司形象"及婚庆用品店统一运作管理模式。

4. 乙方承诺遵守本合同全部条款的约定，并愿意承担违约责任。

第四条　乙方加盟店店址确定

1. 甲方同意乙方在_____开办经营××婚庆公司加盟连锁店。

2. 为规范经营，甲方不得在距乙方加盟店半径_____米范围内开设另外的自己或第三方加盟店。市中心或商业闹市不在此列。

3. 甲方依据特殊的商业地理环境，认为有必要在乙方现有加盟店所在地附近设点经营而不会与乙方加盟店发生竞争关系时，甲方可以开设甲方自营店或允许第三方开设其他加盟店。

第五条　特许加盟的给予

1. 在本合同有效期内，甲方给予乙方特许加盟资格，允许乙方使用甲方"公司标志"和"公司形象"，并给予乙方经营技术的支持。

2. 乙方需按本合同的约定服从甲方统一的连锁规范管理。

3. 合同终止后，乙方不得继续使用甲方的公司标志和公司形象。

第六条　乙方加盟店的经营证照办理

1. 因为婚庆用品行业属于特许经营行业，乙方加盟甲方连锁经营，需委托甲方办理乙方必需的证照。办理证照的费用由乙方全额承担。

2. 如乙方具备相关的证照，需办理变更手续，变更费用由乙方承担。

3. 有关证照办理后，乙方持有的证照不得私自转让或出租。

4. 合同终止后，乙方不得以任何理由继续使用有关证照。

第七条　加盟店选址与开发

1. 乙方加盟店的经营地址和经营面积需事先征得甲方同意后确定。甲方确定同意后出具有关文件给乙方。

2. 甲方根据该乙方店铺所处的商业环境、人口结构与数量、消费层次等诸多因素确定乙方加盟店的经营地址获利的可能性，并出具可行性报告给乙方。乙方理解并同意以下事实：在甲方说明中所展示的各种资料只是说明经营成功的可能性，并不是对乙方经营事业肯定获利的承诺和保证。

3. 为维护××婚庆公司形象的统一性，乙方加盟店的内外装修样式须符合甲方统一规定的标准，标准由甲方提供。

4. 乙方加盟店开店准备就绪后，需请甲方派人员验收合格，并经甲方书面确认后方可开业。

第八条　营业准备及人员培训

1. 为使乙方加盟店能正常经营，在乙方加盟店开业前及合同执行期间甲方有义务指导乙方必要的经营方法和技术。

2. 甲方免费为乙方培训上岗人员，乙方加盟店的从业人员必须经甲方的统一培训合格后方能上岗。

3. 在合同执行期间，乙方加盟店的上岗人员必须积极参加甲方组织的继续教育培训，不断提高服务水平、专业素质和销售技巧等婚庆用品连锁从业人员必须具备的技能。

第九条　营业期间的业务指导

1. 乙方必须遵守甲方制定的适用于全体连锁店的经营服务管理制度和文件。

2. 乙方营业期间需接受甲方专业人员的营业指导。甲方可根据乙方经营情况派专门人员对乙方加盟店进行营业指导，乙方应允许甲方派遣人员了解乙方加盟店的经营情况。

3. 乙方上岗人员需遵守甲方制定的统一服务规范，并接受甲方营业督导人员检查。

4. 适用于甲方自营店的财务工资等制度不适用于乙方。

第十条　加盟店的商品配送

1. 为确保商品质量，乙方加盟店的商品购进必须由甲方的配送中心统一配送，不得从其他渠道自行购进商品。

2. 乙方开业准备前，由乙方根据加盟店所在地的婚庆用品零售市场行情配送计划，甲方根据乙方的配送计划准时配送商品到乙方的加盟店。

3. 在乙方正常营业期间，乙方定期根据经营情况向甲方报送商品配送计划，甲方根据乙方的配送计划定期配送商品给乙方的加盟店。对于配送地点较远的乙方加盟店，乙方可自行到甲方配送中心按配送计划提货。

4. 商品配送结算

乙方必须定期结算"商品配送费"给甲方，乙方必须于每月_____日支付上述款项到甲方指定的账户上。"商品配送费"计算方法如下：

"商品配送费"＝每批商品购进总值＋每批商品购进总值×_____%

5. 甲方配送中心给乙方配送的商品如果出现质量问题，甲方有责任会同乙方及时处理。乙方不承担该批商品的质量责任。

6. 甲方配送中心给乙方配送的商品如果外包装完整而内装物出现短缺，经甲方核实后，甲方应及时为乙方换货或补货。

7. 乙方有权利对甲方的配送工作提出合理化建议，完善甲方的配送工作。

第十一条　加盟保证金

1. 甲乙双方签订合同时，乙方须支付给甲方加盟费及质量保证金_____元人民币。其中加盟费_____元，质量保证金_____元。

2. 加盟保证金为合同执行期间甲方与乙方加盟店之间发生债务的担保和乙方加盟店对甲方配送商品的结算担保，及对××婚庆公司质量信誉的维护担保。

第十二条　经营及纳税

1. 本合同规定乙方的经营原则为自主经营、自负盈亏、独立核算，依法独自负责申报缴纳各种税款，定期按时到所在地税务机关申报纳税并承担相应法律责任。

2. 乙方应建立符合税收法规标准要求的账簿、报表等财务资料。

第十三条　零售价格的确定

1. 为了规范经营和完善零售连锁的统一管理，乙方加盟店的商品零售价格统一制定，乙方需执行××婚庆公司统一的零售价格，避免在内部价格出现无序竞争。

2. 如甲方制定的价格与乙方加盟店所处地域差异大，导致乙方难以经营。乙方加盟店可以向甲方提出要求重新定价，甲方结合乙方加盟店所处地区的实际情况综合考虑，允许重新制定适合乙方加盟店的商品零售价格。

第十四条　库存商品管理

1. 为使乙方能够规范管理本加盟店的经营情况与商品进、销、存管理，乙方加盟店需遵守甲方的各项商品库存管理规定，乙方须定期向甲方报送商品进、销、存等报表。

2. 甲方对乙方加盟店报送的各种报表定期核对，如发现乙方报表与实际情况不符，需通知乙方加盟店改正。如果有必要，甲方可以派加盟督察员参与乙方加盟店的盘点清查工作，对此，乙方不得拒绝。

3. 乙方应加强效期婚庆用品的库存管理，避免出现较大的婚庆用品失效报损。

4. 甲方可以根据实际情况，派人员指导乙方如何做好婚庆用品的效期管理。

5. 甲方没有义务承担乙方加盟店库存商品到失效期而发生的损失。

第十五条　店内消耗品

1. 乙方加盟店营业必需的工作服、包装袋、发票、单据、标签等店内消耗品必须使用甲方统一的消耗品。

2. 乙方加盟店从甲方总部定期领用消耗品，费用由乙方承担，该费用定期结算。

第十六条　合同期限

1. 本合同期限为____年，自____年____月____日起，至____年____月____日止。

2. 本合同期满前____个月，如果乙方需继续经营，经甲乙双方协商同意后，可以续签合同。

第十七条　合同的解除和终止及违约责任

1. 乙方如发生以下的各项行为之一，在甲方要求下乙方加盟店必须在规定期限内纠正其违约行为，乙方加盟店超过甲方规定期限仍无改善时，甲方可以单方面解除合同，甲方不承担解除合同的责任，并保留追究乙方违约责任的权利。

（1）乙方不能及时结算甲方对一方的商品配送费用。

（2）乙方加盟店向甲方报送的报表和账簿严重失实、弄虚作假或连续不向甲方报送。

（3）乙方违反合同约定制、销售假劣产品。

（4）乙方不按本合同规定的方式从甲方购进商品，擅自从其他渠道购进婚庆用品。

（5）因乙方原因造成重大质量事故。

（6）签订合同后，乙方三个月仍未开业。

（7）乙方的其他严重不履行本合同规定乙方义务的行为。

2. 乙方如发生以下各项中的任何行为，甲方可向乙方提出警告，如无法达成一致，则甲方可以单方面解除合同，甲方不承担解除合同的责任，并保留追究乙方违约责任的权利。

（1）乙方加盟店擅自向第三方出让经营权，如乙方未经甲方允许，转让或出租有关执照。

（2）乙方加盟店擅自向第三方出让本合同规定的全部或部分特许加盟权利，或对外承担担保或对加盟店进行其他不符合本合同修订的处置。

（3）乙方加盟店向第三方泄露甲方的商业秘密，或向第三方提供甲方的经营管理方面的有关资料文件。

（4）乙方加盟店有意损害甲方的商业信誉，损害甲方和其他加盟店的正常经营秩序。

（5）乙方的其他严重不履行本合同规定乙方义务的行为。

3. 甲方如不履行本合同规定的甲方义务，乙方须以书面形式通知并敦促甲方改正。如甲方在规定的期限内拒不改正，乙方可以单方面解除本合同，甲方承担因违约行为而导致乙方发生的损失。

4. 本合同如因甲方责任而非正常终止，甲方须退还全额加盟费和质量保证金给乙方；如因乙方责任而使本合同非正常终止，甲方不退还加盟费和质量保证金给乙方；如乙方发生严重违约行为造成甲方发生严重损失，甲方还保留追究乙方违约责任的权利，必要时诉诸法律。

5. 合同的终止

（1）本合同到期后，如合同双方没有续约的意愿，合同则到期终止。

（2）如国家或政府的法令或政令强制要求乙方终止经营，甲乙双方互相免除责任。

（3）本合同终止时，在甲乙双方债权债务结清之后，甲方退还全额质量保证金给乙方。

第十八条 免责条件

1. 因不可抗拒力原因而导致合同不能履行而使合同双方发生损失，合同双方互相不追究责任，由合同双方各自承担相应的责任。

2. 本条所陈述的"不可抗拒力"指自然灾害、政府的强制措施等非签订合同双方违约所致的责任。

第十九条 协商

1. 本合同未尽事宜，甲乙双方本着发展事业的愿望，坦诚地协商解决问题，经甲乙双方协商同意的补充协议与本合同具有相同法律效力。

2. 本合同由甲乙双方签字盖章，乙方加盟保证金到达甲方指定账户后生效。

3. 本合同一式两份，甲乙双方各执一份。此合同文本为第____份。

甲方：_____　　乙方：_____

代表：_____　　代表：_____

地址：_____　　地址：_____

联系电话：_____　　联系电话：_____

____年____月____日　　____年____月____日

四、加盟培训

1. 婚庆加盟培训内容

婚庆加盟培训内容如下表所示。

婚庆加盟培训内容

序　号	类　　别	诠　释
1	婚庆公司搭建实体	（1）婚庆公司搭建实体主要包括婚庆行业分析 （2）婚庆公司定位分析（包括婚庆模式分析） （3）婚庆公司选址规划

续表

序　号	类　别	诠　释
1	婚庆公司搭建实体	（4）婚庆公司店堂布局 （5）婚庆设备道具采购分析 （6）婚庆公司开店成本分析 （7）婚庆公司运营成本分析 （8）婚庆公司起名指导（包括公司注册分析）
2	婚庆公司搭建体系	（1）婚庆公司内部员工分析 （2）婚庆行业外围团队分析（包括婚庆辅助团队）
3	销售策略	（1）婚庆公司开业策划 （2）婚庆行业广告宣传策划 （3）活动促销策划 （4）网络宣传分析 （5）印刷品分析 （6）客户来源分析
4	技术培训（婚庆理念）	（1）婚庆节目形式讲解 （2）婚庆销售培训 （3）婚庆音乐培训 （4）婚庆总监培训 （5）婚庆花艺培训 （6）布置与布局培训 （7）灯光设备培训 （8）婚庆文案策划 （9）后期产品培训（影像分析）
5	其他支持	（1）可参观婚礼实战观摩 （2）模拟婚庆加盟培训 （3）协助制定服务价格 （4）游戏节目分析 （5）可提供长期远程电话或网络服务 （6）可携手共同完成公司首张定单（费用另计，由接受婚庆加盟培训方提供

2. 加盟培训合同

　　婚庆公司在加盟培训时，应与对方签署加盟培训合同，以免引起法律纠纷。以下提供范本作为参考。

【范本】

婚庆加盟培训合同

委托方（甲方）：＿＿＿＿＿＿＿＿＿＿

地区：＿＿＿＿＿＿＿＿＿＿＿＿＿＿＿

联系电话：＿＿＿＿＿＿＿＿＿＿＿＿

QQ/MSN：＿＿＿＿＿＿＿＿＿＿＿＿＿

服务方（乙方）：＿＿＿＿＿＿＿＿＿＿

联系方式：_____

服务人：_____

依据规定，合同双方就婚庆加盟的技术培训，经协商一致，签订本合同。

一、服务内容

提供婚庆加盟培训服务，具体内容如下。

1. 婚庆司仪培训。

2. 婚庆策划师培训。

3. 婚庆花艺、场布培训。

4. 婚礼摄像培训。

5. 新娘化妆培训。

6. 婚礼督导培训。

7. 婚礼音响，DJ师培训。

二、培训方式

1. 由乙方在_____亲自授课并参加相关婚礼活动和工作。

2. 网络视频技术婚庆加盟培训支持。

3. 合同结束后，甲方如有需要，乙方可提供上门婚礼服务支持（费用另算）。

三、履行期限、地点

1. 乙方在_____为甲方提供为期_____月的婚庆加盟培训。

2. 乙方通过网络视频为甲方提供为期_____个月的技术支持。

四、报酬及其支付方式

本项目服务费用总价为_____元，签订合同支付总额_____%，合同签署后_____天支付____%中款（日期：____年____月____日），提供资料前支付____%尾款（日期：____年____月____日）。

五、其他

双方可协商对本合同增加补充协议。

六、本合同有效期限

____年____月____日至____年____月____日。

委托方（甲方）确认：_____　　服务方（乙方）确认：_____

____年____月____日　　　　　　　____年____月____日

附录

婚庆公司常规事项策划

时　间	事　项	备　注
婚礼之前	（1）制定和签订婚礼方案 （2）代订酒席，代发婚礼请柬（以及其他需代办事务） （3）对新人婚房的布置装饰（包括花卉、气球等） （4）对新人双方父母适当布置 （5）与新人沟通婚礼知识和练习仪式	
婚礼当日	（1）8：00 工作人员到场，包括摄像及摄影师准备拍摄 （2）8：30 新娘化妆 （3）9：00 装饰婚车 （4）10：00 婚车装饰完毕 （5）10：30 新房摄像照相 （6）11：00 亲友团，摄像照相 （7）11：30 迎亲车队出发 （8）12：00 新郎到达女方家，迎亲节目开始 （9）12：40 新娘被迎娶婆家，婆家礼节活动 （10）13：30 外景车队出发 （11）14：00 外景节目、摄像、照相 （12）16：00 准备喜宴，新人化妆 （13）17：00 迎宾 （14）17：30 喜宴开始，司仪主持婚礼仪式，幕后工作人员配合 （15）20：30 闹新房节目开始 （16）21：30 新人在祝福声中与客人告别 （17）21：50 摄像师及其他工作人员完成最后的拍摄工作与新人告别	具体时间安排仅供参考，可以根据当地季节、习俗进行安排
婚礼之后	（1）将婚庆摄像制作成精美的影碟，并送货上门 （2）在首次结婚纪念日时，送上最诚挚和衷心的祝福：一款浪漫的鲜花和温馨的大蛋糕	结婚纪念日送礼物需要安排专门的人员负责对公司所有新人的首次结婚纪念日进行统计

浪漫水晶婚礼策划案

阶 段	事 项	备 注
准备	（1）10：30，新人开始迎宾，一对伴郎伴娘手捧烟、糖陪伴，一对伴郎伴娘准备纸笔，邀请入场来宾为新人写祝福卡，并挂在幸福树上 （2）11：00，现场播放经典爱情歌曲	
开场	（1）12：00，6个白纱衣小童女手捧烛光，陆续进场，点燃路引架上的水漂烛（音乐：《最浪漫的事》） （2）12：20，请出两位母亲为孩子点亮幸福之光（音乐：《母亲》）	（1）路引架多少根据现场而定 （2）步步高烛台，32颗水漂烛、玫瑰雕刻度烛
入场	（1）小花童手捧鲜花携手上场，分站在台侧 （2）伴郎伴娘手捧烛光上，分站在台侧 （3）新郎新娘从走道两边对唱《水晶》入场，在幸福门中间汇合，手牵手	走道边的冷焰火同时点燃，组成一道金光大道
仪式	（1）新人向来宾行鞠躬礼（《花与琴的流星》纯音乐） （2）花童向新人献上鲜花，并送上祝福 （3）请主婚人、证婚人进行主婚、证婚（音乐《给你们》） （4）新人进行婚礼誓词。交换戒指（音乐：《爱是永恒》） （5）新人交换礼物并拥吻（台前的冷焰火同时燃放《音乐：雪爱狼》） （6）新人四手共同点燃天长地久玫瑰刻度烛 （7）新人下场来到主宾席，为双方父母送上贴心礼物；父母为儿女送上祝福（《音乐：孝敬父母》） （8）新人回到台前，四手合手共同倾倒香槟 （9）喝交杯酒（放五彩梦幻泡泡）	小花童手持鲜花上，戒指放在玫瑰花心中，施放充满彩色梦幻的泡泡
全场互动	（1）新人在许愿树上摘下祝福卡，抽取来宾大奖，答谢来宾 （2）新人举杯邀来宾共饮，同时新郎致辞	新人换装后，重新再次登场
敬酒	新人携手入席，敬酒	走道旁的冷焰火再次燃放

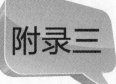

婚庆喜联通用贺词

1. 四字联

夫妻恩爱　家庭幸福

白头偕老　同心永结

鸳鸯比翼　夫妻同心

双燕齐飞　合家欢乐

2. 五字联

鱼水千年合　芝兰百世荣

双莺鸣高树　对燕舞繁花

并蒂花最美　同心情更真

玉堂双璧合　宝树万枝荣

3. 六字联

共结美满姻缘　同建幸福生活

良夜良辰良缘　佳男佳女佳偶

4. 七字联

两姓联盟成大礼　百年偕老乐长春

万里云天看比翼　百年事业结同心

友情培植常青树　恩爱催开幸福花

互敬互爱春永驻　同心同德乐无穷

长天欢翔比翼鸟　大地喜结连理枝
玉镜人间结合璧　银河天上渡双星
百年佳偶今朝合　万载良缘此日成
红梅并蒂相映美　矫燕双飞试比高
花好月圆欣喜日　桃红柳绿幸福时
两情鱼水春作伴　百年恩爱花常红
和睦门庭风光好　恩爱夫妻幸福长

5. 八字联

白首齐眉鸳鸯比翼　青阳启瑞桃李同心
同心同德美满夫妻　克勤克俭幸福家庭
两门多喜两家多福　一对新人一代新风
牡丹丛中蝴蝶双舞　荷花塘内鸳鸯对歌
春暖花朝彩鸾对舞　风和日丽月红添妆
美满婚姻情深义重　和睦家庭地久天长
海誓山盟同心久结　地阔天高比翼齐飞
新郎新娘心心相印　似龙似凤事事呈祥

参考文献

［1］温泉，刘衍群主编. 如何做一名金牌婚礼司仪. 北京：化学工业出版社，2010.

［2］袁涛主编. 婚庆实用手册. 北京：金盾出版社，2009.

［3］季明堂主编. 完美婚庆主持宝典. 北京：中国时代经济出版社，2010.

［4］蒋振东主编. 打造最完美的婚礼. 北京：中国时代经济出版社，2007.

［5］茅建民，高永宏，练小月编著. 如何创办婚庆公司. 南京：江苏科学技术出版社，
2007.

［6］刘安平主编. 婚礼庆典主持词. 太原：山西科学技术出版社，2006.

［7］金昱冬编著. 花嫁喜典——时尚婚礼完全策划. 南京：江苏科学技术出版社，2003.

［8］宿春礼主编. 婚庆游戏. 北京：中国经济管理出版社，2006.

［9］陈锡文，蔡昉主编. 新农村实用婚庆指南（礼仪民俗篇）北京：石油工业出版社，
2009.